Der Autor dieses Buches hat unter dem Pseudonym »Why-Not« bereits mehrere Bücher, sowie Kurzgeschichten in Magazinen veröffentlicht. Weitere Kurzgeschichten und Informationen zu den Veröffentlichungen sind auf seiner Internetseite »http://why-not-stories.tk/« zu finden.

Why-Not

Tot ist nicht genug

Kriminalroman

© 2010 Why-Not

Autor: Why-Not (why-not@gmx.com)

Verlag: tredition GmbH, Hamburg
ISBN: 978-3-8424-0197-6
Printed in Germany

Bibliografische Information der Deutschen Nationalbibliothek:
Die Deutsche Nationalbibliothek verzeichnet diese Publikation in
der Deutschen Nationalbibliografie; detaillierte bibliografische Daten sind im Internet über http://dnb.d-nb.de abrufbar.

Kapitel 1

A5 – Ausfahrt Weiterstadt

(Montag, nachmittags)

»Soll ich dir einen Kaffee mitbringen, Karlheinz?«

Markus Schneider erhob sich schwungvoll aus seinem Drehstuhl und schnappte sich seinen Kaffeebecher. Er schaute seinen Kollegen fragend an.

»Nein, laß mal. Ich kann auch etwas Bewegung brauchen, sonst setze ich noch Rost an. Außerdem muß ich erst einmal meinen Kaffeebecher entseuchen.«

»Stimmt natürlich«, gab Schneider grinsend zurück. »In deinem fortgeschrittenen Alter brauchen die morschen Knochen mehr Training.«

Lachend wich er dem heranfliegenden Aktendeckel aus, der die staubige Grünpflanze nur um Haaresbreite verfehlte.

»Vorsicht, sonst beschädigst du noch Landeseigentum.«

»Ach was, dieser Amtsgummibaum ist doch schon längst in Rente. Es hat ihm nur niemand gesagt.«

»Wie war das damals, als der gepflanzt wurde? Hattet ihr da noch Pickelhauben?«

»Wenn du so weiter machst, wirst du deine Pensionierung jedenfalls nicht erleben.«

Mit einem Seufzer erhob sich auch Karlheinz Gödel aus seinem Bürostuhl und griff zu seinem Kaffeebecher. In diesem Augenblick klingelte das Telefon.

»War ja klar«, murmelte er, als er sich wieder auf seinen Stuhl fallen ließ und lässig nach dem Hörer griff.

»Kriminalhauptkommissar Gödel«, meldete er sich gelangweilt. Plötzlich setzte er sich gerade hin, kritzelte etwas auf seinen Notizblock und brummte gelegentlich zustimmend. Sein Kollege schaute ihn erwartungsvoll an, als er auflegte.

»Stell den Kaffeebecher weg. Wir haben zu tun.«

* * *

»Gleich kommt die Ausfahrt Weiterstadt. Wir müssen jeden Moment da sein. Fahr schon mal auf den Standstreifen.«

Am Ende der langgezogenen Autobahnkurve kamen mehrere Blaulichter in Sicht. Schneider lenkte den Dienstwagen auf den Seitenstreifen, schaltete die Warnblinkanlage an und ließ den Wagen an den letzten Streifenwagen heranrollen. Ein uniformierter Polizist mit Kelle kam ihnen entgegen.

»Kriminalpolizei«, rief ihm Schneider durch das heruntergelassene Autofenster zu und hielt seinen Ausweis nach draußen.

Der Uniformierte nickte und blieb stehen. Nachdem Schneider und Gödel ausgestiegen waren, prüfte er ihre Ausweise.

»Zum Glück haben wir keinen Berufsverkehr. Sonst hätten wir jetzt einen kilometerlangen Stau. Gehen Sie einfach nach vorne. Es ist nicht zu übersehen.«

Die beiden Kriminalbeamten passierten den Polizisten und sahen nach wenigen Metern, was er gemeint hatte. An einem der zahlreichen Bäume am Rand der Autobahn hing ein nackter Mann an einem kräftigen Ast und schwankte im Wind.

»Geheimhalten wollte der Täter seine Tat jedenfalls nicht«, sinnierte Gödel.

»Mordkommission«, sagte Schneider lakonisch und hielt einem weiteren Uniformierten den Ausweis hin.

»Die Spurensicherung ist um den Baum herum bereits fertig«, informierte sie der Polizist. »Geben Sie Bescheid, wenn wir den Toten herunterholen können.«

Gödel und Schneider gingen an das Opfer heran. Dessen Füße baumelten keinen Meter über der Erde. Der Kopf hing auf die Brust herunter.

»Sieht aus wie Genickbruch.«

»Ja, aber nicht hier. Schau dir mal die Schlinge an, Markus. Das ist keine Henkersschlinge. Sie hat sich zugezogen. Das hätte das

Opfer stranguliert und einen Blutstau im Gehirn verursacht, aber nicht das Genick gebrochen. Er hätte statt dessen einen dunkelroten bis blauen Kopf. Außerdem ist es unter dem Toten sauber.«

»Wie?«

»Na ja, bei einem Genickbruch verliert der Körper schlagartig die Kontrolle über die Muskeln. Insbesondere auch über die Schließmuskeln.«

»Er hat da was auf dem Rücken. Eine geometrische Figur und eine Nummer.«

»Was könnte das darstellen? Die Spurensicherung soll ein paar Großaufnahmen machen, nachdem sie ihn abgehängt haben.«

Gödel wandte sich an den Polizisten.

»Hat die Spurensicherung schon was entdeckt?«

»Nichts Brauchbares. Die Reifenspuren auf dem Standstreifen stammen vom Fahrzeug des Mannes, der den Toten gefunden hat. Die Fußspuren am Tatort selbst wurden verwischt, wahrscheinlich vom Täter.«

»Sie können den Mann jetzt herunterholen lassen. Komm Markus, wir fahren wieder ins LKA und lassen die Spezialisten hier ihre Arbeit machen.«

* * *

»Karlheinz, der vorläufige Obduktionsbefund ist gerade eingetroffen.«

»Ich habe niemanden hereinkommen sehen.«

»Per Mail.«

»Daran werde ich mich wohl auch erst noch gewöhnen müssen. Was steht denn drin?«

»Tod durch Genickbruch, verursacht durch einen Schlag mit einem spitzen Gegenstand. Könnte so etwas wie ein Meißel gewesen sein. Du hattest also recht damit, daß er nicht an dem Baum erhängt wurde. Insgesamt war der Tote wohl in einem schlechten Gesundheitszustand, bevor er starb. Die inneren Organe litten an Sauerstoffmangel. Ferner gab es Zerrungen an Armen und Oberkörper, sowie Druckstellen an Armen und Beinen. Letztere könnten von einer Fesselung stammen. Ohne den Genickbruch wäre er wohl auch in den nächsten Tagen gestorben. Hier ist noch etwas Interessantes. Er scheint die letzten Tage nichts gegessen zu haben. Dehydriert war er allerdings nicht. Getrunken hat er also. Ach ja, er müßte ungefähr 40 Jahre alt gewesen sein – plusminus 5 Jahre.«

»Tja, zumindest Selbstmord können wir definitiv ausschließen. Gibt es schon was zu der Zeichnung auf seinem Rücken und der Nummer?«

»Die Zeichnung ist noch rätselhaft, die Nummer scheint allerdings eine international eindeutige Kontonummer zu sein, eine sogenannte IBAN. Diese gehört zu einer Schweizer Bank.«

»Dann versuchen wir doch mal herauszubekommen, wem die gehört. Setz schon mal ein offizielles Amtshilfesuchen auf, ich versuche, die Bank direkt anzurufen.«

»Ich kann mir nicht vorstellen, daß die Schweizer dir auf dem kleinen Dienstweg helfen werden. Denen ist das Bankgeheimnis doch heilig.«

»Warten wir's mal ab«, meinte Gödel mit einem verschmitzten Lächeln und suchte sich die Telefonnummer der Bank heraus.

»Kriminalhauptkommissar Gödel vom deutschen Landeskriminalamt Wiesbaden. Wir haben hier ein Mordopfer, dem eine Kontonummer Ihrer Bank auf den Rücken geschrieben wurde. Bislang konnten wir den Toten nicht identifizieren. Deshalb würde ich gerne herausfinden, ob sich die Identität über den Inhaber des Kontos feststellen läßt. – Ja, mir ist klar, daß Sie den Namen eines Kontoinhabers nicht einfach auf eine telefonische Anfrage hin herausgeben können. Aber ich dachte, es sei Ihnen lieber, als wenn ich mich ans Fernsehen und an Tageszeitungen wende, die ein Bild von ihm mit dem Hinweis veröffentlichen, daß er eine Kontonummer Ihres Instituts auf den Rücken gebrannt bekam. Ich will schließlich keine Panik unter Ihren Kunden auslösen. – Ja, genau. Und mein Name ist Gödel. Hauptkommissar. Danke.«

»Und?«

»Warte mal einen Moment.«

»Du glaubst doch nicht ernsthaft, daß die dir den Namen des Kontoinhabers verraten werden.«

Das Telefon klingelte und Gödel nahm ab.

»Ja, stellen Sie bitte durch. – Hallo? – Ja, hier Hauptkommissar Gödel. – Ja, das ist eine gute Idee. Soll ich es Ihnen per EMail oder per Fax schicken? – Moment, ich notiere. – Gut, dann bis gleich. Vielen Dank schon einmal.«

Schneider schaute ihn neugierig an.

»Zuerst einmal mußten die natürlich nachprüfen, ob ich auch wirklich vom LKA bin. Deswegen sind sie für den Rückruf über die Zentrale gekommen. Die Nummer ist ja öffentlich.«

»Und weiter?«

»Na ja, sie sagen, wenn wir ihnen ein Bild des Toten schicken können und es die gleiche Person ist, die beim Eröffnen des Kontos von der Überwachungskamera aufgenommen wurde, dann rücken sie den Namen heraus. Die Aufklärung des Mordes wäre ja dann im Interesse ihres – verstorbenen – Klienten.«

»Gut, daß die auf diese Idee gekommen sind.«

»Sonst hätte ich sie draufgehoben. So ganz neu ist dieses Vorgehen nämlich nicht.«

»Also in den Vorschriften ...«

»Es gibt auch Sachen, die nicht in den Vorschriften stehen. Manchmal kann eben ein Jungspund wie du noch etwas von Veteranen lernen. Und das ganz ohne Pickelhaube.«

Gödel rief in der Gerichtsmedizin an und ließ sich ein Bild des Gesichts des Toten zuschicken. Kurz nachdem er es per EMail an die Bank geschickt hatte, klingelte sein Telefon wieder. Als er auflegte, grinste er zufrieden.

»Unser Toter heißt mit hoher Wahrscheinlichkeit ›Thomas Glück‹.«

»Dann hat ihn wohl sein Glück kürzlich verlassen.«

»Klopf keine Sprüche. Klemm dich lieber ans Telefon und versuche beim Finanzamt herauszubekommen, ob die einen Thomas

Glück führen, der etwa 40 Jahre alt ist. Wenn nicht, mußt du die Finanzämter der anderen Bundesländer abklappern.«

»Und was machst du?«

»Ich versuche bei unserem Chef einen Polizeipsychologen zu bekommen. Der Täter scheint doch einen Sprung in der Schüssel zu haben. Da wäre ein Fachmann nicht schlecht. Außerdem habe ich so ein Gefühl, als könnten demnächst noch mehr solche Opfer auftauchen.«

* * *

»Und, hattest du Erfolg beim Chef?«

Gödel verzog das Gesicht.

»Der einzige, in Frage kommende Polizeipsychologe ist an einem Entführungsfall dran. Und der Chef meint, daß es für unseren Toten nicht mehr so dringend sei. Den könnten wir sowieso nicht mehr retten.«

»Wenn er recht hat, hat er recht.«

»Und bei dir?«

»Wir haben genau einen Treffer, wohnhaft in Schwalbach bei Frankfurt. Ich lasse mir gerade das letzte Paßbild zuschicken.«

»Gut, wenn es der Richtige ist, beantrage gleich einen Durchsuchungsbefehl für morgen. Ich organisiere schon mal einen Polizisten mit Sperrpistole, um die Haus- bzw. Wohnungstür aufzubekommen.«

»Wieso habe eigentlich immer ich den Papierkram am Hals?«

»Weiß nicht. Schlechtes Karma?«

Diesmal duckte sich Gödel lachend, um dem heranfliegenden Aktendeckel zu entkommen.

Durchsuchung
(Dienstag, morgens)

»Nette Wohngegend. Hat das Finanzamt gesagt, was er beruflich macht?«

»Nein. Nur, daß er bei einer Bank arbeitet.«

»Bei der Schweizer Bank, bei der er das Konto hat?«

»Nein, er ist bei einem international tätigen Institut angestellt, das auch einen Sitz in Frankfurt hat. I2-Bank heißt sie, wenn ich mich richtig erinnere.«

»Nie gehört.«

»Die hat wohl keine Privatkunden – zumindest keine in unserer Einkommensklasse. Irgendwas mit International Investment Banking.«

»Trotzdem seltsam, dieses Schweizer Konto. Vielleicht finden wir in der Wohnung weitere Details. Von den Schweizern werden wir auf die Schnelle sicher keine weiteren Auskünfte bekommen. Wir sind da. Das ist die Adresse.«

»Nicht schlecht. Ich tippe mal auf Bankdirektor.«

Der Streifenwagen, der sie begleitete, parkte direkt neben ihnen. Sie stiegen aus und klingelten. Vielleicht gab es ja Mitbewohner. Da niemand zur Tür kam und aus dem Haus auch keine Geräusche zu hören waren, öffnete ein Polizist die Tür mit seiner elektrischen Sperrpistole. Das Schloß sträubte sich nur wenige Sekunden gegen das Öffnungswerkzeug.

»Schon erschreckend, wie schnell die normalen Sicherheitsschlösser aufgehen«, murmelte Gödel.

»Die Tür war nur zugezogen. Sonst hätte es aber auch nur ein paar Sekunden länger gedauert. Ich habe zuhause eins dieser teuren Schlösser, die gegen solche Werkzeuge immun sind«, klärte sie der Uniformierte auf.

»Das habe ich mir auch schon hundertmal vorgenommen«, antwortete Gödel. »Nachdem ich gerade wieder gesehen habe, wie unsicher die Schließzylinder aus dem Baumarkt sind, werde ich wohl heute nach Feierabend in ein Fachgeschäft gehen.«

Sie betraten die Wohnung, in der es muffig roch. Offenbar war seit längerem nicht gelüftet worden. In einem großzügigen Wohnzimmer flimmerte ein riesiger Flachbild-Fernseher tonlos vor sich hin. Auf dem Tisch lag neben der Fernbedienung eine Fernsehzeitung von vorletzter Woche. Die Übersichtsseite von Dienstag war aufgeschlagen.

»Sieht aus, als wäre er hier überrascht und verschleppt worden. Rufen wir mal die Jungs von der Spurensicherung, bevor wir irgendwelche Hinweise zertrampeln. Kampfspuren sehe ich hier jedenfalls keine.«

»Wahrscheinlich hat sein Entführer geklingelt, Glück hat den Fernseher stummgeschaltet und ist zur Tür gegangen.«

»Gut möglich. Laß uns mal die Nachbarn befragen. Vielleicht ist jemandem etwas aufgefallen.«

»Sie rufen bitte die Spurensicherung und passen dann hier auf, daß sonst niemand ins Haus geht«, sagte Gödel an den Uniformierten gewandt.

* * *

»Guten Tag, Frau Meyer, mein Name ist Gödel, Kriminalpolizei. Ist Ihnen vorletzte Woche etwas Ungewöhnliches in der Nachbarschaft aufgefallen? Insbesondere bei Herrn Glück gegenüber?«

Die Dame mittleren Alters, die ihm die Tür aufgemacht hatte, schaute ihn mißtrauisch an.

»Guten Tag. Kann ich bitte Ihren Ausweis noch einmal sehen? – Danke. Man weiß ja nie, ob sich nicht jemand bloß als Polizist ausgibt, zumal Sie ja keine Uniform anhaben. – Ob ich etwas gesehen habe? Ich spioniere doch den Nachbarn nicht nach.«

»Das wollte ich Ihnen auch nicht unterstellen. Aber vielleicht haben Sie ja zufällig etwas bemerkt.«

»Vorletzte Woche? Lassen Sie mich überlegen. Da war Herr Glück wohl zuhause. Montags alle zwei Wochen werden bei uns die Papiertonnen geleert. Das macht immer einen ziemlichen Lärm, wissen Sie? Da habe ich gesehen, wie er noch schnell mit seinem Papiermüll herausgelaufen kam, als die Müllabfuhr schon fast bei seiner Tonne war. Ansonsten? Nein. Sonst ist mir nichts ausgefallen. – Warten Sie. Doch, da war noch etwas. Es könnte am nächsten Tag am späten Nachmittag gewesen sein. Da bekam Herr Glück ein großes Paket von einem dieser neuen Kurierdienste. Offenbar war das aber ein Versehen. Denn der Paketbote ist gleich darauf wieder mit dem Paket zum Auto zurückgegangen und hat es eingeladen.«

»Wissen Sie, welcher Paketdienst es war?«

»Es war so ein blauer Wagen mit gelbem Blitz. An der Seite stand ›Geölter Blitz‹ und die Nummer 124. Der Bote hatte eine blaue Hose, eine quietschgelbe, weite Jacke und eine blaue Kappe – so eine Baseball-Kappe auf. Er hatte auch noch so eine häßliche Brille auf. Wie ein Kassengestell von vor 20 Jahren.«

»Können Sie den Mann noch weiter beschreiben? Wie groß war er? Hatte er noch irgendwelche Besonderheiten?«

»Tut mir leid, aber abgesehen von seiner albernen Bekleidung ist mir nichts an ihm aufgefallen.«

»War das Paket groß?«

»Ja ziemlich. Wie für eine Waschmaschine. Und wohl auch ziemlich schwer. Der Bote hatte es mit so einem Ding mit zwei Rädern und langen Griffen zum Haus geschoben.«

»Mit einer Sackkarre?«

»Ja, so nennt man das wohl. Aber jetzt, wo sie mich fragen, fällt mir noch etwas Komisches ein.«

»Ja?«

»Auf dem Rückweg hat er es über ein langes Brett in den Wagen zurückgeschoben. Als er ankam, holte er es einfach so vom Wagen. Komisch, oder? Als wäre es auf dem Rückweg schwerer gewesen. Aber vielleicht hat er ja auch nur etwas abgeholt.«

»Gab es sonst noch etwas Bemerkenswertes in der vorletzten Woche?«

»Nein, sonst gab es nichts. Außer vielleicht, daß ich Herrn Glück danach nicht mehr gesehen habe. Mir ist nicht einmal aufgefallen, daß er – wie sonst – mit seinem Angeber-Porsche zur Arbeit gefahren wäre. Ist ihm etwas passiert?«

»Das versuchen wir herauszubekommen. Vielen Dank für Ihre Beobachtungen. Ich wünschte, wir hätten öfter solche aufmerksamen Zeugen wie Sie.«

»Ach, ich bitte Sie, ich helfe doch gerne.«

* * *

»Und Markus, hast du etwas herausbekommen?«

»Nicht wirklich. Die meisten Leute hier kümmern sich wohl nur um ihre eigenen Angelegenheiten. Aber zwei meinten, daß wir Frau Meyer befragen sollten. Die sei hier so etwas wie die Auskunftei der Straße.«

»Mit der habe ich gerade gesprochen«, lachte Gödel. »Und sie hat tatsächlich einiges gesehen.«

Er erzählte seinem Kollegen von den Beobachtungen der Zeugin.

»Das klingt, als hätte sie die Entführung beobachtet. Kennst du einen Paketdienst namens ›Geölter Blitz‹?«

»Nie gehört. Aber das sollte sich herausfinden lassen. Seit dem Ende des Postmonopols gibt es ja einige neue Dienste.«

»Die Spurensicherung ist übrigens inzwischen eingetroffen. Sollen wir denen ein bißchen auf den Wecker fallen?«

»Nein, laß die in Ruhe ihren Job machen. Wir haben noch ein ›Date‹ mit Dr. Frankenstein.«

»Och nö. Dazu brauchst du mich doch nicht. Kann der nicht einfach seinen Bericht schreiben und uns zuschicken? Mir ist heute nicht nach schwarzem Humor mit Leichenteilen.«

»Papperlapapp. Geteiltes Leid ist halbes Leid. Du kommst mit.«

* * *

»Hallo Herr Dr. Stein. Sie haben etwas für uns?«

»Hallo Herr Gödel. Ach und da ist ja auch ihr ewig blasser Kollege Schneider.«

Dr. Stein grinste Schneider über seine Nickelbrille hinweg an.

»Ja, ich habe tatsächlich Einiges für Sie. Wobei mir besonders zu schaffen macht, daß ich eins NICHT habe, nämlich eine Erklärung für den üblen Gesundheitszustand unseres Gastes.«

Er deutete mit dem Kopf auf den toten Körper, der auf seinem Seziertisch lag.

»Sein Gesundheitszustand scheint sich innerhalb einer Woche rapide verschlechtert zu haben. Gift ist nicht im Spiel. Und krank war er auch nicht. Aber kommen wir erst einmal zu den Fakten, die ich Ihnen sagen kann. Gestorben ist er einige Stunden, bevor er gefunden wurde, und zwar durch einen gewaltsam herbeigeführten Genickbruch. Die Totenstarre hat erst eingesetzt, als er bereits an dem Baum hing, an dem er gefunden wurde. Wahrscheinlich wurde er kurzzeitig kühl gelagert, um die Verwesung – und damit die Totenstarre – hinauszuzögern. Einige Hautverletzungen legen das nahe. Trotzdem dürfte er erst in der vergangenen Nacht gestorben sein.«

Der Pathologe trat an den Toten heran und deutete mit seinem Kugelschreiber auf dessen Arme.

»An seinen Handgelenken und Armen sind deutliche Spuren einer längeren und ziemlich strammen Fesselung zu erkennen. Auch seine Fußgelenke waren wohl längere Zeit gefesselt, allerdings weniger fest. An den Fußsohlen befinden sich schwache Reste mehrerer punktförmiger Verbrennungen, wie Elektro-Schocker sie hinterlassen. Er ist möglicherweise gefoltert worden, allerdings nicht in den letzten vier bis fünf Tagen vor seinem Tod.«

Schwungvoll und etwas rüde drehte er den toten Körper auf den Bauch.

»Die trapezförmige Zeichnung und die Nummer auf dem Rücken sind mit einem sehr heißen Gegenstand in die Haut gebrannt worden, vielleicht mit einem Lötkolben. Allerdings war unser

Freund da bereits tot. Es sind auch Hautschäden am Rücken und am Hintern erkennbar. Die sind allerdings schon weitgehend verheilt, also bestimmt schon einen Monat alt.«

Aus einer Metallschale hob er mehrere schwabbelige, blutige Teile heraus.

»Leber, Milz, Herz und Nieren sind durch Sauerstoffmangel angegriffen, wie sie hier an der Schädigung des Gewebes erkennen. Vor allem das Herz hätte nicht mehr lange mitgemacht.«

Gödel schaute nicht auf das Gewebe, sondern direkt ins Gesicht von Dr. Stein. Schneider schluckte hart und trat ein Stück zurück, als der Doktor mit den Organen näher kam.

»Ich mache mir nichts aus Innereien. Filetsteak ist mir lieber«, lenkte Gödel die Aufmerksamkeit des Pathologen wieder auf sich. »Gibt es noch weitere Erkenntnisse?«

»Im Moment leider nicht. Ich werde noch einige Untersuchungen machen. Sollte ich noch etwas herausfinden, sage ich Ihnen Bescheid.«

»Eine EMail reicht«, kam es gepreßt von Schneider.

Dr. Stein grinste ihn kalt an.

»Wir haben ja schon fast Mittagszeit«, ergänzte er nach einem Blick auf die Uhr. »Da will ich Sie nicht vom Essen abhalten. Guten Appetit die Herren.«

»Ich hasse diesen Typ«, fauchte Schneider, als sie die Pathologie verließen. »Warum muß der immer so eine Show abziehen?«

»Die meiste Zeit war er doch heute recht sachlich. Ich glaube, es wurmt ihn gewaltig, daß er in mancher Hinsicht noch immer im Dunkeln tappt.«

»Als er mit den Eingeweiden herumgewedelt hat, hätte ich ihn erschlagen können.«

»Und ich darf dann in einer Leichenhalle als Tatort ermitteln? Beherrsch dich gefälligst. Kommst du mit in die Kantine, Markus?«

»Nach dem Gruselkabinett von eben? Ich glaube, ich bekomme keinen Bissen hinunter. Was gibt's denn heute überhaupt?«

»Leber. – Nein, war Quatsch. Es gibt Schnitzel mit Pommes oder ein vegetarisches Kartoffelgratin.«

»Na gut, dann was Vegetarisches.«

Verdachtsmomente

(Dienstag, mittags)

»Die Spurensicherung hat einige interessante Sachen entdeckt.«

»Komisch, ich habe noch gar keine EMail bekommen.«

Gödel wedelte mit einem Stapel Papier.

»Es soll noch ein Leben außerhalb des Computers geben. Hier, nimm mal die Hälfte der Blätter und schau dir an, ob etwas Brauchbares dabei ist.«

Er reichte seinem Kollegen einige der Ergebnisse der Spurensicherung. Den Rest blätterte er selbst durch.

»Hier steht etwas über seine Konten. Auf dem Schweizer Konto scheint es einige Eingänge gegeben zu haben. Das normale Girokonto weist dagegen vergleichsweise normale Buchungen auf. Viertausend Euro monatliches Gehalt ist zwar nicht schlecht, auf das Schweizer Konto kamen aber in der gleichen Zeit etwa 20.000 Euro. Und das offenbar regelmäßig.«

»Ob er die wohl versteuert hat? Wenn nicht, erscheint vielleicht gerade ein Motiv am Horizont. Klär' das nachher mal mit dem Finanzamt ab. Die sollen sich aber noch zurückhalten, bis wir mit unseren Mordermittlungen fertig sind. Wir brauchen jetzt keine aufgescheuchten Verdächtigen.«

»Hier ist noch was Interessantes. Auf seinem PC gibt es einen hitzigen Mailwechsel mit einem Hobby-Astronomen.«

»Ja und?«

»Es geht um eine vermeintliche Supernova im Sternbild des Großen Wagens.«

»Sehr spannend.«

»Überleg doch mal. Das Sternbild sieht ungefähr aus wie ein Trapez, also wie die Zeichnung auf dem Rücken des Toten.«

»Stimmt. Es würde mich allerdings sehr überraschen, wenn jemand einen anderen wegen einer Meinungsverschiedenheit im Internet umbringen würde. Aber okay, versuche herauszubekommen, wer der Typ ist.«

»Sag mal«, fuhr Gödel nach einer Pause fort, »du kennst dich doch mit dem ganzen neumodischen Kram aus. Was ist eigentlich eine 700er-Nummer? 800er sind kostenlos und 900er so ein teures Zeug wie Sex-Hotlines. Aber was sind 700er-Nummern?«

»Weiß ich jetzt auch nicht. Aber das läßt sich ja feststellen. Wieso interessiert dich das eigentlich?«

»Das Opfer hat etwa einen Monat vor seinem Verschwinden mehrfach eine 700er Nummer vom Handy aus angewählt. Das ist in der Wahl-Historie des Gerätes zu finden. Auf seiner letzten Telefonrechnung taucht die Nummer allerdings nur einmal auf. Wahrscheinlich hatte er die anderen Male aufgelegt, bevor jemand an den Apparat ging.«

»Ich schau mal bei Google.«

Gödel ging um den Schreibtisch herum und schaute seinem Kollegen interessiert über die Schulter. Nachdem er einige Seiten Suchergebnisse durchblättert hatte, stieß Schneider auf einen Eintrag der Bundesnetzagentur.

»Da hätte ich eigentlich gleich drauf kommen können. Egal. Also, eine 0700-Nummer ist eine persönliche, orts- und geräteunabhängige Nummer. Sie wird normalerweise über einen Provider, also beispielsweise eine Telefongesellschaft, betrieben und kann dann auf beliebige Nummern umgeleitet werden. Eventuell auch gleichzeitig. D. h. es klingelt dann im Büro, auf dem Handy und zuhause gleichzeitig und man nimmt den Anruf dann dort entgegen, wo man sich gerade befindet. Es gibt noch zahlreiche, weitere Möglichkeiten, je nach Provider.«

»Klingt kompliziert. Vielleicht sollte ich die Nummer einfach mal anrufen und feststellen, wer sich dort meldet.«

Gödel ging wieder zu seinem Schreibtisch und wählte die Nummer von seinem Diensttelefon aus. Als der Anruf angenommen wurde, stellte er auf Lauthören.

»Hier bei Lady Larissa«, meldete sich eine Frauenstimme. »Möchtest du einen Termin haben?«

Einen Moment war Gödel perplex. Sein Gegenüber grinste breit.

»Ähm.«

»Du rufst das erste Mal bei uns an? Keine Angst, wir sind hier sehr diskret. Sag mir doch zuerst einfach mal den Vornamen, mit dem du angeredet werden möchtest. Es muß nicht dein richtiger Name sein. Nur Mut.«

Ein schelmischer Ausdruck glitt über Gödels Gesicht.

»Markus«, antwortete er. Sein Kollege schaute ihn böse an.

»Gut Markus, warst du schon mal bei einer Domina?«

»Nein, noch nie«, antwortete er diesmal wahrheitsgemäß.

»Keine Angst, das macht gar nichts. Wann möchtest du denn einen Termin haben?«

»Geht es noch heute?«

»Moment, ich schaue mal. Ja, um 16 Uhr. Ist das für dich okay?«

»Kommt drauf an. Wo soll ich denn hinkommen?«

»Hast du uns nicht im Internet gefunden?«

»Nein, ich habe die Nummer von einem Bekannten.«

»Aber dein Bekannter hat dir schon gesagt, daß die Lady ihr Studio in Frankfurt hat, oder?«

»Ja, aber nicht, wo es genau ist.«

»Das ist kein Problem. Beim ersten Mal trifft dich Lady Larissa ohnehin in einem Café. Kennst du das Café in der Hauptwache?«

»Natürlich.«

»Gut. Dort triffst du dich mit ihr. Du wirst dir eine einzelne Baccara-Rose kaufen und dich damit alleine an einen Tisch setzen. Die Lady erwartet dich frisch geduscht, falls du magst, mit einem dezenten Herrenduft, und 400 Euro, die du ihr gibst, wenn sie dir eine einstündige Audienz in ihren Räumen gewährt. Komm pünktlich, am besten etwas zu früh. Hast du noch Fragen?«

»Bist du Lady Larissa?«

»Nein, ich mache nur die Termine. Die Lady sprichst du selbstverständlich mit ›Sie‹ an. Und sie erwartet höfliches Benehmen. Gibt es noch etwas, das du wissen möchtest?«

»Nein.«

»Gut, dann trage ich jetzt den Termin für dich ein. Okay?«

»Ja.«

»Viel Spaß.«

Das Telefon wurde aufgelegt.

»Das verspricht eine interessante Zeugenvernehmung zu werden«, sagte Gödel grinsend, während er sich in seinem Bürostuhl zurücklehnte.

»Das mit dem Namen war ja wohl eine Frechheit«, ereiferte sich Schneider.

»Warum? Du hast keine Exklusivrechte auf ›Markus‹. Außerdem darfst du gerne dabei sein und klarstellen, wer hier der richtige Markus ist.«

»Hieß es nicht, du sollst alleine dort auftauchen?«

»Es war nur die Rede davon, daß ich alleine an einem Tisch sitzen soll. Du setzt dich an einen anderen Tisch und kommst erst hinzu, wenn die ›Lady‹ erschienen ist. Wenn du möchtest, darfst du dich auch mit der Rose hinsetzen.«

»Nein, nein. Mach du das mal schön selbst. Du hast ja auch den Termin ausgemacht. Außerdem möchte ich zu gerne sehen, wie dir die Domina den Hintern versohlt.«

»Gib dich keinen Illusionen hin. Soweit wird es nicht kommen. Auf Staatskosten gibt es nur die Zeugenvernehmung. Aber du kannst ja 400 Euro mitnehmen und dir eine ›Audienz‹ geben lassen. Ich höre mir hinterher gerne deine Zeugenaussage an.«

»Sehr witzig.«

»Wir haben noch Zeit bis zur ›Audienz‹. Du kannst also noch wegen des Schweizer Kontos mit dem Finanzamt telefonieren. Oder bist du zu aufgeregt dafür?«

»Das hättest du wohl gerne«, gab Schneider säuerlich zurück und griff zum Telefonhörer.

»Jetzt bist du ja gar nicht mehr dazu gekommen, dich vorher zu duschen«, frotzelte Schneider, während sie auf der A66 nach Frankfurt fuhren.

»Tja, dann wird das wohl nichts mit der Audienz«, lachte Gödel. »Was hat eigentlich das Finanzamt zu den Einnahmen von unserem verstorbenen Herrn Glück gesagt?«

»Die muß er wohl ›versehentlich‹ vergessen haben, bei der Einkommensteuer anzugeben.«

»Zumindest wird er dafür nicht mehr strafrechtlich belangt. Interessant wäre allerdings schon, wofür er das Geld bekommen hat. Morgen fahren wir zu der Bank, in der er gearbeitet hat. Vielleicht erfahren wir da mehr.«

»Warum sind wir eigentlich jetzt schon losgefahren?«

»Hast du schon mal versucht, im Berufsverkehr nach Frankfurt hineinzufahren? Wir wollen ja pünktlich zu unserer Verabredung kommen. Außerdem will ich kurz in den Elektronikladen an der Konstabler Wache. Die Spurensicherung hat an der Stoßstange des Porsches unseres Toten einen GPS-Empfänger mit Speichermöglichkeit und Kurzstreckenfunk entdeckt. Ich will wissen, ob man so etwas fertig zu kaufen bekommt oder ob man dafür basteln muß.«

»Was hat denn so ein Gerät an der Stoßstange eines Autos zu suchen?«

»Gute Frage. Die Jungs von der Spurensicherung glauben, daß der Täter damit herausgefunden haben könnte, wo sein Opfer wohnt.«

»Verstehe ich nicht.«

»Sie meinen, er könnte es zum Beispiel auf dem Firmenparkplatz angebracht haben, um dort am nächsten Tag auszulesen, wo der Wagen überall war.«

»Dazu müßte der Täter das Opfer aus der Firma kennen.«

»Eine Möglichkeit. Oder er weiß nur, wo sein Opfer arbeitete. Kommt drauf an, ob der Firmenparkplatz gesichert ist. Aber der Firmenparkplatz ist nur eine Hypothese. Es könnte auch ein anderer Ort gewesen sein, an dem Täter und Opfer gemeinsam waren, eine Kneipe vielleicht.«

»Unser Täter könnte also Elektronikbastler sein.«

»Vielleicht, ja. Zumindest, wenn es solche GPS-Tracker nicht schon fertig zu kaufen gibt. Das wäre doch eine schöne Aufgabe, um die du dich morgen mal kümmern könntest. Gibt es solche Teile im Internet zu kaufen? Das wäre ja dann Versandhandel, so daß wir über die Händler zurückverfolgen könnten, wer in letzter Zeit so etwas gekauft hat.«

»Die Spurensicherung müßte doch schon eine Idee haben, ob das Teil selbstgebastelt aussieht oder fertig gekauft ist.«

»Sie sagen, Massenware sei es nicht. Aber ein Bausatz wäre schon möglich.«

»Dann könnte es aber auch eine Bauanleitung im Internet geben.«

»Gibt es eigentlich irgend etwas, das es nicht im Internet gibt?«

»Wahrscheinlich nicht. Um etwas zu finden, sollte man allerdings wissen, wonach man suchen muß.«

»So wie du vorhin in Google?«

»Genau, Karlheinz. Apropos finden: Du weißt, wo wir in Frankfurt hinmüssen?«

»Das ist kein Problem. Ich habe dort jahrelang gewohnt.«

»In Frankfurt? Ist das nicht ein teures Pflaster?«

»In der Innenstadt sicher. Die Miete in den meisten Vororten ist aber auch nicht teurer als anderswo.«

»Wieso bist du dann dort weggezogen?«

»Die morgendliche Fahrt nach Wiesbaden war nervtötend. Und als ich mir nach der Scheidung eine neue Wohnung suchen mußte ...«

»Ich wußte gar nicht, daß du verheiratet warst?«

»Warum auch? Meine Scheidung war vor deinem Beginn in der Mordkommission. Und so ein toller Gesprächsstoff ist eine mißlungene Ehe auch wieder nicht.«

Demonstrativ schaute Gödel zum Seitenfenster des Dienstwagens hinaus und beendete damit das Thema. Wenig später fuhr Schneider den Wagen in ein Parkhaus der Frankfurter Innenstadt.

Lady Larissa
(Dienstag, nachmittags)

»Ich wußte gar nicht, daß du dich so gut mit Elektronik auskennst«, wunderte sich Schneider, als sie das Elektronikgeschäft verlassen hatten. »Du warst ja richtig am Fachsimpeln mit dem Verkäufer.«

»Ich habe früher an Radio- und Tonbandgeräten herumgebastelt. Inzwischen ist das kaum noch möglich, da die ganze Elektronik in ein bis zwei Chips sitzt. Da kann man nichts mehr selbst reparieren.«

»Was ist zum Schluß eigentlich herausgekommen?«

»Du meinst, als du dich zum Computerzubehör verdrückt hattest? Na ja, die einzelnen Komponenten für den GPS-Tracker gibt es zu kaufen, Anschlußbeschreibung inklusive. Man muß allerdings etwas Fachwissen mitbringen und mit dem Lötkolben umgehen können.«

»Lötkolben? Frankenstein meinte doch, daß Zeichnung und Nummer auf dem Opfer mit einem Lötkolben geschrieben worden sein könnten.«

»Stimmt. Unser Täter ist also zumindest ambitionierter Bastler. Außerdem braucht er jetzt wahrscheinlich einen neuen Lötkolben.«

»Vergiß dein ›Date‹ nicht. Du brauchst noch eine Baccara-Rose.«

»Deswegen sind wir ja auf dem Weg zu einem Blumenladen.«

»Guten Tag. Ich hätte gerne eine einzelne Baccara-Rose.«

»Hier stehen sie. Schöne Exemplare, nicht wahr? Möchten Sie eine aussuchen?«

»Egal. Geben Sie mir irgendeine.«

Der Blumenverkäufer schaute Gödel mißbilligend an, griff dann aber schwungvoll nach einer der langstieligen Rosen und holte sie aus der Vase.

»Soll ich sie Ihnen einpacken oder wollen Sie sie gleich hier essen?«

»Ich nehme sie, wie sie ist«, ignorierte Gödel die spitze Bemerkung. »Und ich hätte gerne eine Quittung.«

Der Verkäufer verdrehte die Augen, als er die Quittung ausstellte. Dann reichte er Gödel die Rose so, daß der sich fast an einer Dorne stach.

»Wie herum hält man diesen Strempel eigentlich?«, wollte Gödel von Schneider lautstark wissen, als sie den Blumenladen verließen. Im Hintergrund hörte er den Blumenverkäufer aufstöhnen und grinste breit.

»Zehn vor vier«, murmelte Gödel nach einem Blick auf die Uhr. »Langsam wird es Zeit für ›Lady Larissa‹. Du suchst dir zunächst einen freien Tisch in der Nähe der Tür. Nur für den Fall, daß die Dame vorzeitig wieder verschwinden möchte. Wenn sie bei mir am Tisch sitzt, kommst du dazu.«

Sie betraten das Kaffee an der Hauptwache. Schneider nickte Gödel kurz zu und setzte sich an einen Platz in Türnähe. Gödel ging weiter in den Gastraum hinein und setzte sich an einen freien Tisch mit drei Stühlen. Die Rose legte er gut sichtbar auf den Tisch. Dann schaute er gespannt zur Tür. Gelegentlich warf er einen kurzen Blick auf seine Armbanduhr. Ob die Dame wohl pünktlich erschien? Oder gehörte es vielleicht zum Geschäft, den Kunden etwas zappeln zu lassen? Zwei Minuten nach vier schaute Schneider ihn fragend von seinem Platz aus an. Gödel bedeutete ihm mit der Hand, daß sie weiter warten würden.

Plötzlich stand eine hochgewachsene Frau an seinem Tisch und schaute ihn an.

»Markus, nehme ich an.«

»Lady Larissa?«

Sie nickte. Offenbar hatte sie schon im Lokal gewartet. Gödel stand auf und rückte ihr den Stuhl zurecht, was sie mit einem Lächeln quittierte.

»Es gibt also noch Kavaliere der alten Schule im LKA«, sagte sie, während ihr Lächeln immer mehr in ein Grinsen überging. »Bitten Sie ihren Kollegen doch mit an unseren Tisch. Sonst hört er ja gar nicht, was wir reden. Oder sind Sie verkabelt?«

Gödel schaute sie verwirrt an.

»Woher wissen Sie ...«

»Das war nicht schwer. Die Nummer, von der Sie meine Empfangsdame anriefen, war eine Nebenstelle im LKA. Wenn Sie *31# vorwählen, sobald Sie eine Amtsleitung haben, können Sie die Weiterleitung Ihrer Rufnummer unterdrücken – falls Sie mal wieder inkognito irgendwo anrufen wollen.«

Sie drehte sich zu Schneider um und winkte ihn heran. Der schaute fragend seinen Kollegen an. Nach dessen Nicken kam er näher. Lady Larissa wandte sich wieder Gödel zu.

»Wenn Sie dann noch zu zweit hier auftauchen«, fuhr sie fort, »und einer an der Tür Stellung bezieht, ist es mehr als unwahrscheinlich, daß Sie hier sind, um meine Dienste in Anspruch zu nehmen.«

Gödel betrachtete die Dame nach seiner ersten Verblüffung jetzt genauer. Dame war durchaus ein passender Ausdruck für ihre Erscheinung. Ein figurbetontes, fliederfarbenes Kleid mit einem geringfügig zu tief geratenem Ausschnitt, dezentes Make-up, eine mittellange Perlenkette mit makellosen, weißen Perlen, goldene Ohrstecker und ein feminin wirkender Siegelring an der linken Hand standen in einem reizvollen Kontrast zu ihren langen, gewellten, pechschwarzen Haaren, die ein fein geschnittenes Gesicht mit aktuell spöttischem Ausdruck umspielten. Außerdem ließen ihre Äußerungen auf einen scharfen Verstand und eine gute Bildung schließen. Widerwillig gestand Gödel sich ein, daß ihm ihre Gesellschaft angenehm war.

»Und? Entspreche ich Ihren Vorstellungen von einer Domina?«

Sie wandte sich Schneider zu.

»Nehmen Sie Platz, junger Mann. Das kostet das gleiche Geld. Falls Sie mein Gesicht suchen, das finden Sie etwa 20 Zentimeter oberhalb Ihres aktuellen Blickpunktes.«

Schneiders Gesicht nahm einen leicht rötlichen Farbton an, während er seinen Blick nach oben nahm.

»Nachdem sich die Herren hoffentlich sattgesehen haben, wäre es nett, wenn Sie mir ihre Dienstausweise kurz zeigen. Ich möchte schließlich wissen, mit wem ich es zu tun habe.«

Beide Kriminalbeamte kamen ihrer Aufforderung nach.

»Das ist ja witzig. Sie haben den Vornamen ihres Kollegen angegeben? Aber kommen wir zum Grund Ihres Besuches. Was führt Sie denn zu mir?«

»Kennen Sie einen ›Thomas Glück‹?«, wollte Schneider von ihr wissen.

»Persönlich nicht. Und von meinen geschäftlichen Kunden kenne ich – wie Sie ja bereits mitbekommen haben – nur einen Vornamen. Und selbst der ist meistens nicht echt.«

Gödel legte ihr das Paßbild des Toten vor.

»Erkennen Sie ihn vielleicht auf diesem Bild?«

»Ein Stammkunde ist es nicht. Aber warten Sie. – Ja, der war einmal bei mir. Ich glaube, er nannte sich Frank.«

»Was wollte er von Ihnen?«

Spöttisch lächelnd wandte sie sich Schneider zu.

»Raten Sie doch mal.«

»Ist Ihnen vielleicht etwas Ungewöhnliches bei diesem Kunden aufgefallen?«, fragte Gödel in einem deutlich verbindlicheren Tonfall, als sein Kollege.

»Ich nehme die Privatsphäre meiner Gäste ernst.«

»Wir können Sie auch in Beugehaft nehmen, um eine Aussage zu erzwingen.«

An Gödel gewandt fragte sie: »Ist er bei Ihnen der böse Polizist? Sie sollten das mit ihm noch üben. Er übertreibt seine Rolle etwas.«

Als Schneider aufbrausen wollte, legte Gödel ihm beruhigend eine Hand auf den Arm, während er Lady Larissa in die Augen schaute.

»Ihr Gast macht sich keine Sorgen mehr um seine Privatsphäre. Er ist tot.«

Als Gödel ihr das Obduktionsfoto des Gesichts zeigte, verschwand ihr spöttischer Gesichtsausdruck.

»Das ist natürlich etwas anderes. Was möchten Sie wissen?«

»Das wissen wir auch nicht so genau. War an ihm aus Ihrer Sicht etwas ungewöhnlich?«

»In gewisser Weise schon. Er wollte nur geschlagen werden, ohne irgendwelches Drumherum. Das ist an sich noch nicht ungewöhnlich. Reine Masochisten fahren nur auf den Endorphin-Rausch ab, den die Schmerzen verursachen. In seinem Fall war das anders. Er hat die Schmerzen nicht genossen, sondern darunter gelitten, wollte aber trotzdem, daß ich weitermache. Ich hatte den Eindruck, er wollte für etwas bestraft werden, das auf seinem Gewissen lastete. Das sagte ich ihm auch. Er meinte nur, das ginge mich nichts an und ich solle weitermachen.«

»Gehörten zu seiner ›Behandlung‹ auch Elektro-Schocks an den Füßen?«

»Nein, natürlich nicht! Das wäre so, als würde ein passionierter Jäger mit einem Maschinengewehr auf Entenjagd gehen. Wie kommen Sie denn auf so etwas?«

»Nur so. Und wie ging's dann weiter?«

»Ich habe ihm die Hälfte des Honorars in die Hand gedrückt und ihn weggeschickt.«

»Warum?«

»Weiterzumachen wäre unverantwortlich gewesen. Er hatte schon mehr als genug. Und geholfen hätte es ihm ohnehin nicht. Hat er sich das Leben genommen?«

»Nein, er wurde ermordet. Wir brauchen von Ihnen noch Ihren richtigen Namen und die Adresse. Fürs Protokoll.«

»Ich heiße Diana Kerber. Hier ist mein Ausweis.«

* * *

»Eine interessante Frau«, meinte Gödel, als sie wieder auf der Rückfahrt nach Wiesbaden waren. »Warum bist du eigentlich so aggressiv gewesen?«

»Ich weiß auch nicht. Irgendwie habe ich mich von ihr provoziert gefühlt. Sie hat so eine spöttisch herablassende Art.«

»Ich denke, sie spielt gerne mit Menschen. Und sie ist verdammt gut darin.«

»Na dann hat sie ja den richtigen Beruf. Meinst du, ihre Aussage stimmt? Oder hat sie da auch nur mit uns gespielt?«

»Für mich war es glaubwürdig. Außerdem paßt es zu den Ergebnissen von Dr. Stein und zur Telefonrechnung. Das war eine tote Spur, wenn auch eine unterhaltsame. Morgen besuchen wir den Arbeitgeber des Opfers. Ob sein schlechtes Gewissen etwas mit den Geldeingängen auf dem Schweizer Konto zu tun hat?«

»Wenn man etwas nicht mit seinem Gewissen vereinbaren kann, dann soll man es halt bleiben lassen.«

»Mag sein. Aber das hat dieser Thomas Glück offenbar nicht fertiggebracht.«

Kapitel 2

I2-Bank

(Mittwoch, vormittags)

»Guten Tag. Wir sind von der Kriminalpolizei. Gödel und Schneider. Wir möchten mit dem Geschäftsführer sprechen.«

»Haben Sie einen Termin?«

»Nein, brauchen wir auch nicht. Ist er im Haus?«

»Da muß ich erst im Sekretariat anrufen.«

»Lassen Sie sich nicht aufhalten.«

Der Pförtner griff zum Telefon.

»Empfang, Nordeingang. Zwei Herren von der Kriminalpolizei möchten Herrn Metzger sprechen. – Ah ja. Moment bitte. – Herr Metzger hat keine Zeit.«

Gödel griff über den Empfangstresen und nahm dem verdutzen Pförtner den Telefonhörer weg.

»Kriminalpolizei. Mit wem spreche ich?«, raunzte er ins Telefon.

»Daniela Herberg.«

»Wir wollen augenblicklich mit Herrn Metzger sprechen.«

»Ich sagte dem Pförtner doch bereits, daß er keine Zeit hat.«

»Das interessiert mich nicht. Wir kommen jetzt zu Ihnen.«

Er drückte dem Pförtner das Telefon in die Hand und verlangte barsch nach Stockwerk und Raumnummer des Geschäftsführers. Der eingeschüchterte Mann am Empfang ließ sie durch die gesicherte Drehtür passieren.

»Siebter Stock, Raum 25.«

»Mag sein, daß die mit ihren Kunden oder Angestellten so umspringen, als Polizist darf man sich von denen nicht die Courage abkaufen lassen. Keine Zeit für die Mordkommission. Soweit kommt's noch.«

Schneider war überrascht, wie aggressiv sein Kollege sein konnte. Mit einem Gong signalisierte der Aufzug, daß sie im siebten

Stock angekommen waren. In Raum 25 saß die Sekretärin und schaute sie verwirrt an.

»Kriminalpolizei. Ist Herr Metzger in dem Büro hinter dieser Tür?«

»Sie können da nicht einfach hineingehen.«

Gödel tat es trotzdem. In dem Büro war allerdings niemand.

»Was Sie hier machen, nennt sich Behinderung der Justiz«, fuhr er die Sekretärin an.

Diese war der Panik nahe und griff zum Telefon.

»Herr Schröder, kommen Sie bitte. Hier sind zwei Herren von der Kriminalpolizei, die unbedingt mit Herrn Metzger sprechen wollen.«

»Wer ist Herr Schröder?«, wollte Gödel wissen, noch bevor die Sekretärin das Telefon auflegen konnte.

»Das ist der Stellvertreter von Herrn Metzger.«

»Guten Tag die Herren. Was kann ich für Sie tun?«

»Sie sind der Stellvertreter des Geschäftsführers?«

»So ist es. Herr Metzger ist derzeit nicht erreichbar. Kommen Sie doch bitte in mein Büro.«

Er dirigierte die beiden Kriminalbeamten in einen großzügig eingerichteten Raum mit breiter Fensterfront und ging mit ihnen zu einem runden Besprechungstisch.

»Entschuldigen Sie die Verwirrung, aber ich hatte Frau Herberg angewiesen, jedem, der zu Herrn Metzger will, zu sagen, er habe keine Zeit. Tatsächlich wissen wir nicht, wo er sich befindet. Er ist seit zwei Wochen nicht mehr zur Arbeit erschienen. Seine Frau hat in Kronberg, seinem Wohnort, bereits eine Vermißtenanzeige aufgegeben. Haben Sie etwas über ihn erfahren?«

»Tut mir leid«, sagte Gödel, »von dieser Vermißtenanzeige wissen wir nichts. Wir sind hier, weil wir den Mord an Herrn Glück untersuchen.«

Ihr Gesprächspartner schaute sie irritiert an.

»Reden Sie von Thomas Glück, dem Betriebsratsvorsitzenden?«

»Daß der Ihr Betriebsratsvorsitzender war, wußten wir zwar nicht, aber der Vorname des Verstorbenen ist Thomas. Haben Sie sein Verschwinden bisher nicht bemerkt?«

»Ich dachte, er sei in Urlaub. Außerdem haben wir mit dem Verschwinden unseres Geschäftsführers und unseres Personalchefs schon genug Aufregung gehabt. Sagten Sie, er sei ermordet worden? Wissen Sie schon, wie das passiert ist? Ist er an seinem Urlaubsort überfallen worden?«

»Er wurde – soweit wir das bisher beurteilen können – vor etwa zwei Wochen aus seinem Haus entführt und ist gestern tot aufgefunden worden.«

»Mein Gott«, stammelte er und wurde blaß. »könnte es sein, daß alle drei entführt wurden?«

Gödels Mobiltelefon klingelte.

»Entschuldigen Sie. – Gödel, was gibt es? – Heute morgen? Wo? – A5, bei der Ausfahrt Zeppelinheim, verstehe. – Nein, die sollen nicht auf uns warten. Danke.«

Er steckte sein Handy wieder weg.

»Noch ein Toter im gleichen Stil. Markus, du hast doch so ein modernes Handy. Ruf mal im Dezernat an. Die sollen dir ein Bild vom Gesicht des zweiten Opfers aufs Telefon schicken.«

»Ist es einer unserer beiden Vermißten?«, wollte der Bankmanager wissen.

»Das weiß ich noch nicht. Haben Sie Bilder der beiden?«

»Ja klar, in unserem Contact Directory.«

»In was?«

»Eine Art Haustelefonbuch, nur elektronisch. Ich zeige es Ihnen.«

Er ging zu seinem Schreibtisch und tippte etwas in seinen Computer. Es erschienen ein Bild und eine Visitenkarte des Geschäftsführers. Einen Tastendruck später spuckte ein kleiner Laserdrucker beides in Farbe aus. Kurz darauf hatte Gödel auch Bild und Visitenkarte des Personalchefs als Ausdruck in der Hand. Schneider hatte inzwischen sein Telefonat beendet. Er zeigte Gödel das Gesicht des zweiten Opfers, das er als kleines Bild auf sein Handy bekommen hatte.

»Ich fürchte, Ihr Personalchef ist auch verstorben. Es sieht aus, als stünden die Verbrechen mit Ihrer Bank in Verbindung. Womit beschäftigt sich Ihre Bank denn genau?«

»Wir sind ein internationales Institut, das sich auf ›Investment Banking‹, sowie ›Mergers and Akquisitions‹ spezialisiert hat.«

»Aha. Und was heißt das für Nicht-Banker?«

»Wertpapierhandel, Firmenfusionen und Firmenübernahmen. Meinen Sie, daß es etwas mit einer unserer Transaktionen zu tun haben könnte?«

»Ich kenne Ihre ›Transaktionen‹ nicht. Hatte der Betriebsrat denn etwas mit solchen Geschäften zu tun?«

»Eigentlich nicht. Das heißt ... bei solchen, die die Bank selbst betreffen, wird der Betriebsrat natürlich informiert.«

»Wir würden uns gerne einmal mit den Mitgliedern des Betriebsrats unterhalten. Können Sie das bitte veranlassen?«

»Selbstverständlich. – Frau Herberg, rufen Sie bitte die Betriebsräte an und bestellen Sie sie in einen freien Konferenzraum.«

* * *

»Guten Tag. Ich weiß nicht, ob Sie es schon gehört haben. Ihr Kollege Thomas Glück ist tot – ermordet. Und wir untersuchen den Fall. Deswegen möchte ich mich gleich mit jedem von Ihnen unterhalten. Am besten gerade in der Reihenfolge, in der Sie hier sitzen. Kommen Sie bitte mit ins Nebenzimmer?«

Eine jüngere Frau folgte Gödel aus dem Konferenzzimmer. Schneider blieb bei den anderen sitzen. Im Raum angekommen, legte Gödel ein Diktiergerät auf den Tisch und schaltete es an.

»Ich nehme unsere Unterhaltung für das Protokoll auf. Wie heißen Sie bitte?«

»Barbara Schröder«

»Sind Sie verwandt mit dem stellvertretenden Geschäftsführer?«

»Er ist mein Mann.«

»Wann haben Sie Herrn Glück das letzte Mal gesehen?«

»Das war vor zwei Wochen, als er sich in den Urlaub verabschiedet hat.«

»Hatte er Feinde?«

»Nicht, daß ich wüßte. Er hat schon seit vielen Jahren hier gearbeitet.«

»Sie könnten sich also nicht vorstellen, warum ihn jemand getötet haben könnte?«

»Nein, keine Ahnung.«

»Gibt es derzeit größere Umorganisationen oder Entlassungswellen in Ihrer Bank?«

»Wir sind ein dynamisches Unternehmen. Da gibt es ständig Umorganisationen. Und wir versuchen kontinuierlich, die Kosten zu senken. Allerdings auf eine sozialverträgliche Weise.«

»Es gab also niemanden, der sauer auf ihn hätte sein können?«

»Nein, dazu gab es keinen Grund.«

»Vielen Dank. Schicken Sie doch bitte den Nächsten in dieses Zimmer und warten Sie wieder bei den anderen.«

»Karin Bauer«

»Kannten Sie Herrn Glück näher?«

»Nein. Wir hatten ausschließlich beruflichen Kontakt.«

»Sie klingen, als sei Ihnen die Vorstellung zuwider, ihm auch privat zu begegnen.«

»Das kann ja jetzt nicht mehr passieren.«

»Sie sind nicht traurig über seinen Tod.«

»Zusammen mit den beiden anderen ›freien Betriebsräten‹ half er der Geschäftsleitung, die Belegschaft deutlich zu reduzieren, also Leute zu externen Firmen abzuschieben oder herauszumobben. Ich weiß nicht, was ihm passiert ist, aber eine Träne weine ich ihm nicht nach.«

»Er hatte also Feinde?«

»Er war nicht schlecht darin, den Leuten vorzumachen, daß er sich gut für sie einsetzt. Die miesen Ergebnisse der Verhandlungen verkaufte er dann als das Beste, was herauszuholen gewesen war.

Ich weiß nicht, wie viele ihn durchschaut hatten. Jedenfalls war er für den Rausschmiß von etwa 400 Mitarbeitern mitverantwortlich.«

»Was meinten Sie mit ›freien‹ Betriebsräten? Freigestellte?«

»Nein, sondern die, die nicht in der Gewerkschaft sind.«

»Im Gegensatz zu Ihnen?«

»Genau.«

»Wer sind denn die beiden?«

»Barbara, das Vorstandsflittchen und Gunther, die hinterhältige Ratte.«

»Eine besonders gute Stimmung scheinen Sie im Betriebsrat nicht zu haben.«

»Die drei sogenannten ›Freien‹ hatten ohnehin alle Entscheidungen untereinander und mit der Geschäftsleitung ausgemacht. Rudi und ich wurden nur noch über die Ergebnisse informiert.«

»Einen besonderen Hehl machen Sie nicht aus Ihrer Abneigung.«

»Warum sollte ich? Daß ich nicht gut auf die drei zu sprechen bin, weiß hier ohnehin jeder.«

»Vielen Dank. Schicken Sie bitte den Nächsten in das Büro?«

»Rudi Freitag«

»Wie standen Sie zu Herrn Glück?«

»Das hat Ihnen Karin doch sicher schon erzählt. Sie trägt ihr Herz auf der Zunge.«

»Sie mochten ihn also nicht?«

»So kann man das sagen. Wobei ich bei ihm vor allem darüber enttäuscht bin, wie er sich verändert hat. Früher lag ihm das Wohl der Mitarbeiter am Herzen. Aber seit er zu den ›freien Betriebsräten‹ übergelaufen ist ...«

»Er war früher in der Gewerkschaft?«

»Genau wie ich. Ja. Vor zwei Jahren, kurz nachdem wir das neue Management bekamen, wechselte er die Seiten. Ein halbes Jahr später gab es dann das erste Outsourcing, bei dem 50 Mitarbeiter in eine kleine Firma abgeschoben wurden, die wenige Monate später Pleite machte. Und so geht das bis heute weiter.«

»Meinen Sie, er sei gekauft worden?«

»Wenn ich es beweisen könnte, würde ich das Management wegen Untreue verklagen. Statt dessen kann ich mich im Monatstakt gegen eine weitere, haltlose Abmahnung wehren. Bisher mit Erfolg.«

»Das klingt, als hätten Sie ein Motiv.«

»Ja, das habe ich. Ich habe ihn allerdings nicht umgebracht. Aber wenn Sie herausbekommen, wer es war, spende ich gerne ein paar Euro für seine Verteidigung.«

»Gunther Koslowski«

»Haben Sie eine Idee, wer Ihren Kollegen getötet haben könnte?«

»Kann ich Polizeischutz bekommen? Ich habe gehört, daß Generaldirektor Metzger und Direktor Weber verschwunden sind. Und jetzt ist Thomas tot. Vielleicht sind sie auch hinter mir her?«

»Wer sind ›sie‹?«

»Ich weiß nicht. Aber da steckt doch Methode dahinter.«

»Sie müssen schon etwas genauer werden, wenn Sie Schutz haben wollen. Wer hätte denn Grund, Sie und die anderen umzubringen?«

»Keine Ahnung. Vielleicht ein Verrückter, der etwas gegen diese Bank hat. Oder Terroristen. Sie müssen mich schützen.«

»Das ist ziemlich vage. Wenn wir alle Menschen in Schutzhaft nehmen wollten, die möglicherweise von Terroristen bedroht sein könnten, dann müßten wir aus Deutschland ein großes Gefängnis machen. Haben Sie konkrete Anhaltspunkte dafür, daß Sie in Gefahr sind? Gibt es ein Motiv, warum jemand auch Ihnen nach dem Leben trachten könnte?«

Koslowski dachte einen Moment nach.

»Nein«, sagte er schließlich, »einen Grund weiß ich nicht. Aber das heißt doch nichts.«

»Dann weiß ich nicht, wie ich Ihnen helfen soll.«

A5 – Ausfahrt Zeppelinheim

(Mittwoch, nachmittags)

»Ich glaube, da haben wir in ein Wespennest gestochen, Markus. Ich fahre und du hörst dir mal die Aussagen der Betriebsräte an. Mit ein bißchen Pech haben wir jetzt über 400 Verdächtige, zwei Betriebsräte eingeschlossen. Hast du noch etwas über die zweite Leiche erfahren können?«

»Der Tote wurde genauso gefunden, wie der erste, also nackt an einem Ast hängend. Allerdings war sein Genick nicht gebrochen. Und auf seinem Rücken stand etwas anderes. Ein stilisiertes Schwein und eine andere Kontonummer. Ach ja, in Anbetracht der Entwicklung haben wir einen Polizeipsychologen genehmigt bekommen.«

»Ich dachte, der ist noch beschäftigt.«

»Sie haben wohl noch einen anderen aufgetrieben. Mehr weiß ich auch nicht.«

Den Rest der Fahrt zurück nach Wiesbaden hörte Schneider sich die Aussagen der Betriebsräte an.

»Der Chef will euch sprechen«, teilte ihnen ein Kollege mit, als sie auf dem Weg in ihr Büro waren. Die Tür zum Büro von Kriminaloberrat Schönfeld war offen. In einem Stuhl vor seinem Schreibtisch saß ein Besucher. Gödel schaute durch die Tür hinein.

»Sie haben an meiner Kette gerasselt, Chef?«

Ein Lächeln huschte über Schönfelds Gesicht, bevor es wieder einen offiziellen Ausdruck annahm.

»Kommen Sie rein, alle beide. Sie wollten doch Unterstützung durch einen Polizeipsychologen haben. Da alle unsere fest angestellten Psychologen anderweitig beschäftigt sind, habe ich für Sie einen freien Mitarbeiter besorgt. Oder genauer, eine freie Mitarbeiterin, nämlich Dr. Kerber.«

Als sich die Psychologin aus dem Sessel erhob und ihnen zuwandte, fielen Gödel und Schneider die Kinnladen herunter. Vor ihnen stand die Domina, die sie in diesem Fall bereits befragt hatten, diesmal in einem dunkelblauen Hosenanzug. Sie lächelte entwaffnend und kam auf sie zu.

»Ich freue mich auf unsere Zusammenarbeit, meine Herren.«

»Lassen Sie sich nicht aufhalten und legen Sie am besten gleich los«, gab ihnen der Chef noch mit auf den Weg.

»Wie ich hörte, gab es bereits eine zweite Leiche«, sagte Kerber, als sie das Büro betraten. Sie zog sich einen Stuhl heran und stellte ihn neben die beiden gegenüberliegenden Schreibtische der Kriminalbeamten.

»Ich dachte, Sie seien ...«, entfuhr es Schneider.

»... eine Domina? Stimmt. Bin ich auch. Außerdem habe ich einen Doktor in Psychologie und habe meine Doktorarbeit über psychische Anomalien von Serienmördern geschrieben.«

»Und woher kennt das LKA Sie als Psychologin?«

»Das wollen Sie gar nicht wissen«, gab sie lächelnd zurück. »Sie beide sind per ›Du‹, richtig? Dann machen wir es nicht komplizierter als nötig. Ich bin Diana.«

Sie reichte ihnen die Hand. Beide schlugen ein, auch wenn Schneider etwas zögerte.

»Herr Schönfeld, hat mir schon grob erzählt, was ihr bisher zusammengetragen habt. Gab es in der Bank neue Erkenntnisse?«

Schneider reichte ihr das Diktiergerät und einen Ohrhörer, mit dem sie die Aussagen abhörte.

»Kann ich mir mal das Bild vom Rücken des ersten Opfers ansehen?«

Gödel reichte es ihr.

»Das sieht für mich aus, wie ein Einkaufswagen. Könnte dafür stehen, daß der Tote käuflich war. Das paßt doch recht gut zu den Aussagen der Betriebsräte, oder?«

»Stimmt. Und das stilisierte Schwein beim zweiten Opfer könnte als ›Wertschätzung‹ verstanden werden, also daß der Täter den Personalchef als ›Schwein‹ ansieht.«

Schneider und Kerber nickten zustimmend.

»Woran ist eigentlich der zweite Tote gestorben?«

»Frankenstein hat sich noch nicht dazu gemeldet.«

Kerber zog fragend die Augenbrauen hoch.

»Dr. Stein, unser Pathologe«, erklärte Gödel.

»Vielleicht sollten wir ihn mal besuchen«, schlug Kerber vor.

Schneider verzog das Gesicht und Gödel schaute sie unschlüssig an.

»Wenn er noch nicht alles herausgefunden hat, ist er noch unleidlicher als sonst.«

»Und wenn wir ihm bei der Suche helfen?«

»Ich fürchte, dann läuft er Amok.«

»Das will ich sehen«, entgegnete Kerber grinsend. »Wer kommt mit?«

»Vielleicht wird es ja ganz unterhaltsam«, brummte Gödel und stand auf.

Schneider folgte ihnen und murmelte etwas von einem Tag, der bisher doch ganz gut angefangen hätte.

Als sie die Pathologie betraten, stand Dr. Stein mit dem Rücken zu ihnen und betrachtete kopfschüttelnd den Toten.

»Will er nicht mit Ihnen sprechen?«, sprach Kerber den Pathologen an.

»Manche meiner Kunden sind ziemlich verstockt«, antwortete dieser und drehte sich um. »Mit wem habe ich denn das Vergnügen?«

»Dr. Kerber«, sagte sie und reichte ihm die Hand.

»Entschuldigen Sie, daß ich Ihnen nicht meine Hand reiche, aber sie ist im Moment ziemlich blutig. Doktor der Medizin?«

So rücksichtsvoll hatte Schneider den Pathologen noch nie erlebt.

»Nein, der Psychologie.«

»Tja, Frau Kerber, ich fürchte, mit Psychologie werden Sie bei ihm nicht mehr weit kommen.«

»Das würde ich nicht sagen, Herr Stein. Über die Psyche des Täters sagt ihr Klient doch einiges aus.«

»Leider weniger, als ich gehofft hatte. Er ist im gleichen Zustand, wie sein Vorgänger. Also nüchtern, aber nicht dehydriert, mit verheilten Verbrennungsmalen an den Fußsohlen und mit posthum beigebrachten Brandmalen auf dem Rücken. Was die Todesursache angeht, tappe ich noch im Dunkeln. Ich könnte jetzt ›Herzversagen‹ diagnostizieren, aber das heißt nur so viel, daß ich es auch nicht weiß. Fast jedes Leben endet mit Herzversagen. Die Frage ist, warum.«

»Ich nehme an, die Organe sind wieder durch Sauerstoffmangel angegriffen, richtig?«

»So ist es. In der Lunge gibt es aber keine Anzeichen einer Reduzierung der Luftzufuhr. Sie ist noch intakt und frei. Das Blut hat auch genug Hämoglobin, um den Sauerstoff zu transportieren. Eigentlich müßte er noch leben.«

Die Psychologin trat an den Leichnam heran und schaute sich seine Handgelenke an.

»Die Fesselung muß ziemlich brutal gewesen sein. In welchem Zustand sind seine Muskeln an den Armen und dem Oberkörper?«

»Die weisen ziemlich viele Zerrungen und kleine Risse auf. Denken Sie an etwas Bestimmtes?«

Sie schaute auf seine Füße.

»Die Fersen sind aufgescheuert. War das schon, bevor er starb?«

Dr. Stein schaute sich die Füße genauer an. Mit einer Pinzette holte er einen winzigen Holzsplitter aus der Ferse.

»Er hat noch gelebt, als er diese Verletzungen bekam. Sie haben eine Idee, woran er gestorben sein könnte, richtig?«

»Ja. Auf eine ziemlich altmodische Weise. Ich vermute, er wurde gekreuzigt.«

Einen Moment herrschte Stille in der Leichenhalle. Wortlos wusch Dr. Stein sich die Hände, ging zu einem Regal und entnahm ihm ein Buch. Nur das Umblättern der Seiten war zu hören. Schließlich nickte er langsam.

»Mein Gott, Sie könnten recht haben. Sehr wahrscheinlich sogar. Da hat ihn aber jemand gar nicht leiden können.«

»Hätte er dann nicht Löcher an den Händen haben müssen?«, mischte sich Schneider in die Unterhaltung der beiden Doktoren ein.

»Nein«, entgegnete Kerber leise, »nicht notwendigerweise. Die Römer haben im Altertum ziemlich viele Menschen gekreuzigt. Meist wurden die Delinquenten mit den Armen am Querbalken festgebunden, nur gelegentlich wurden sie angenagelt. Der Effekt ist in beiden Fällen derselbe. Das Körpergewicht drückt den Brustkorb bei dieser Befestigung zusammen. Der Delinquent muß mit Muskelkraft dagegen ankämpfen, um atmen zu können. Mit den Beinen kann er gegen den Längsbalken für etwas Entlastung sorgen. Deshalb die abgeschabten Fersen. Es ist ein grausamer, oft Tage dauernder Kampf gegen die Schwerkraft, bei dem der Gekreuzigte schließlich erstickt.«

Gödel und Schneider schauten sie betroffen an. Sie hatten schon Einiges bei ihrer Arbeit zu sehen bekommen, aber das sprengte die Grenzen des Dagewesenen.

»Woher wissen Sie so viel darüber?«, interessierte sich Dr. Stein.

»Ich bin praktizierende Sadistin«, antwortete sie lächelnd.

»Was?«

Dr. Stein schaute sie verwirrt und erschreckt an.

»Sie betreibt nebenher ein Dominastudio«, erklärte Schneider.

»Nicht nebenher«, verbesserte sie, »sondern hauptberuflich. Nebenher kläre ich mysteriöse Morde auf.«

»Und als Domina kreuzigen Sie Ihre Kunden?«

»Nein. Aber manche mögen es zum Beispiel, an den Händen aufgehängt zu werden. Da ist es nicht schlecht, wenn man weiß, welche Folgen das haben kann, jemanden nicht rechtzeitig wieder herunterzuholen. Außerdem sind alte Foltertechniken inspirierend für meine Arbeit. Und etliche der früheren Todesstrafen waren bewußt grausam. Aber keine Angst, ich praktiziere nur an Menschen, die das unbedingt wollen und dafür meist sogar noch eine Menge Geld bezahlen. Bleibende Schäden oder der Tod gehören nicht zu meinem Repertoire.«

Nachdenklich schaute Dr. Stein sie an.

»Meinen Sie, der Täter könnte auch ein praktizierender Sadist sein? Einer mit geringeren moralischen Standards vielleicht?«

»Ich hoffe nicht. Allerdings sieht es für mich auch nicht danach aus. Der Täter hat, wie Sie ja schon herausgefunden haben, seine Opfer vorher mit einem Elektro-Schocker an den Füßen gefoltert. Ich vermute, es ging ihm um die Bankkonten, die seine Opfer auf dem Rücken haben. Dabei hat er eine sehr distanzierte Folter gewählt, bei der er die Folter von einem Gerät ausführen ließ. Die Brandzeichen auf dem Rücken der Toten hat er posthum angebracht, also als sie nicht mehr darunter leiden mußten. Und selbst die Todesart weist bei aller Grausamkeit eine Distanz auf. Es hätte andere, nicht weniger grausame Möglichkeiten gegeben, die Opfer zu Tode zu foltern. Der Täter hat es statt dessen vorgezogen, seine Opfer auf eine Weise zu töten, bei der er nicht mehr eingreifen mußte. Ich denke, er hat seine Opfer gehaßt, aber er wollte sich nicht, oder zumindest nicht mehr als nötig, die Hände schmutzig machen. Das sieht für mich nicht nach einem Sadisten aus, der es genießt, seinen Opfern Leid zuzufügen.«

»Hätte er es aktiver mitgestalten wollen?«, fragte Gödel.

»Genau das meinte ich. Sicher ist das zwar nicht. Er könnte auch Spaß am reinen Zuschauen gehabt haben. Aber das halte ich für unwahrscheinlich. Der Tod durch Kreuzigung dauert, wie gesagt, ziemlich lange. Das dürfte selbst für jemandem, der die Leiden des Opfers genießt, zu langweilig sein. Ich vermute eher, daß die Opfer alleine gestorben sind. Dagegen spricht höchstens, daß sie nicht dehydriert, also verdurstet sind.«

»Können Sie uns etwas zum Todeszeitpunkt sagen, Dr. Stein?«

»Nicht genau. Wahrscheinlich letzten Abend, vielleicht gegen 20 Uhr. Diesmal hat sich der Täter mit der Leichenstarre herumschlagen müssen, als er den Toten an die Autobahn gehängt hat.«

»Beim ersten Opfer hatte er den Tod selbst herbeigeführt und damit selbst bestimmt, wann dieser eintrat«, überlegte Kerber. »Beim zweiten hat er wahrscheinlich nur von Zeit zu Zeit nachgeschaut, ob es noch lebt. Das würde erklären, warum er diesmal länger gewartet hat.«

»Oder er wollte schlicht einen späteren Zeitpunkt abwarten, damit an der Autobahn nicht mehr viel los ist«, ergänzte Schneider.

»Ärgerlich«, murmelte Gödel, »daß wir keinen vernünftigen Zeitraum haben, den wir mit Alibis vergleichen können. Alles außer dem Plazieren der Leichen hat sich über Tage hingezogen und erforderte nur selten die Anwesendheit des Täters. Selbst das Aufhängen der Toten an der Autobahn geschah zu einer Uhrzeit, für die die wenigsten Menschen ein nachprüfbares Alibi haben, nämlich irgendwann zwischen zwei und sechs Uhr morgens.«

Viele vage Spuren
(Donnerstag, morgens)

»Also gut, was wissen wir über die Opfer? Sie arbeiteten beide in der gleichen Firma und haben höchst wahrscheinlich auf rüde Weise Leute rausgeschmissen. Womit wir auch unser bisher bestes Motiv haben. Nur leider mit zu vielen Verdächtigen.«

Schneider stellte sich an eine weiße Tafel und hielt seine Überlegungen in einer Mindmap fest. Dann setzte er sich wieder auf seinen Bürostuhl und schaute die anderen auffordernd an.

»Glück, das erste Opfer, war doch alleinstehend. Wie sieht es beim zweiten aus?«

Gödel blätterte in den Unterlagen, die ihm während des Besuchs in der Pathologie auf den Tisch gelegt worden waren.

»Laut Meldestelle geschieden. Und laut Spurensicherung, die sich seine Wohnung angesehen hat, alles andere als einsam. Er scheint so ziemlich jedes Callgirl aus der Gegend in Anspruch genommen zu haben.«

»War er auch dein Kunde, Diana?«, konnte Schneider sich nicht verkneifen.

Sie warf ihm einen frostigen Blick zu.

»Bettelst du etwa gerade um Nachhilfe, was den Unterschied zwischen Domina und Callgirl betrifft? Möchtest du von mir übers Knie gelegt werden?«

»Mußt du etwa deinen Kundenstamm erweitern? So gut scheint es ja nicht zu laufen, wenn du schon nebenberuflich beim LKA anschaffen gehen mußt.«

Diana stellte sich vor ihn hin und beugte sich so weit zu ihm herunter, daß er einen tiefen Blick in ihren Ausschnitt werfen konnte. Nur mit Mühe gelang es ihm, den Blick abzuwenden und ihr in die Augen zu sehen.

»Schätzchen, das hier mache ich als Hobby. Das bißchen Geld, das ich vom LKA bekomme, fällt auf meinem Konto gar nicht auf. Meinen Stundensatz kennst du ja schon. Jetzt rechne mal mit durchschnittlich drei Kunden pro Tag, fünf Tage die Woche. Das sind vor Steuern 6000 Euro pro Woche oder 24.000 pro Monat. Rechne mal mit zehn Monaten im Jahr, das bekommst du schon alleine hin. Alternativ kannst du es auch beim Finanzamt erfragen. Glaubst du ernsthaft, das Geld, was ich hier bekomme, bedeutet mir irgend etwas?«

Schneider schaute sich ziemlich verkrampft im Büro um.

»Eine Fünf-Tage-Woche?«, sinnierte Gödel mit einem dünnen Grinsen, um die Spannung aus der Diskussion zu nehmen.

»Nur durchschnittlich«, lächelte sie ihn an. »Tatsächlich kommen meine Kunden meist freitags bis sonntags.«

»Und nein«, wandte sie sich an Schneider, »er war keiner meiner Kunden.«

Einen Moment herrschte Schweigen.

»Sag' mal, Karlheinz, hatte die Spurensicherung bei seinem Auto auch so einen Sender gefunden? Dieses GPS-Dingens meine ich.«

Ein weiteres Mal durchstöberte Gödel die Unterlagen.

»Ja, Diana, auch bei ihm war so ein Ding an der Stoßstange des Autos.«

»In der Bank hat man euch doch erzählt, daß auch der Geschäftsführer verschwunden ist. Er könnte also theoretisch das nächste Opfer sein, oder? Wäre doch mal interessant, auch bei seinem Wagen nachzuschauen, ob es da einen Sender gibt.«

»Markus, kümmerst du dich bitte nachher darum?«

Dieser brummte zustimmend.

»Was ist mit der zweiten Kontonummer? Gibt es dazu schon Erkenntnisse?«

Gödel griff zum Hörer und tippte auswendig eine Nummer ein.

»Gödel, hier. Habt ihr schon was zu der zweiten Kontonummer herausgefunden? – Hätte mich auch gewundert, wenn die Schweizer mehr herausgerückt hätten. Aber das hört sich doch verdächtig an. Vielleicht solltet ihr die Bank mal unter die Lupe nehmen. Ich tippe auf eine Schwarze Kasse. Ihr könnt ja die Jungs von der Steuerfahndung informieren.«

»Was heißt hier ›die Jungs‹?«, wollte eine hagere Frau wissen, die gerade ins Büro kam.

»Mathilda meint gerade«, telefonierte Gödel grinsend weiter, »es müsse ›die Jungs UND MÄDELS von der Steuerfahndung‹ heißen. Okay, das könnt ihr bleiben lassen. Ich übernehme das selbst.«

Schwungvoll legte er auf.

»Hallo Mathilda. Das trifft sich ja gut. Hast du schon von der I2-Bank gehört, die uns bei unseren Morduntersuchungen über den Weg gelaufen ist? Oje, ich bin mal wieder ein schrecklicher ›Gastgeber‹. Mathilda, darf ich dir Frau Dr. Kerber vorstellen? Sie unterstützt uns als Psychologin bei dem Fall. Diana, das ist Mathilda Adler von der Steuerfahndung.«

Die Damen warfen sich taxierende Blicke zu, setzten ein höfliches Lächeln auf und nickten beide andeutungsweise.

»Ich habe die Kollegen vom Wirtschaftsdezernat gebeten«, fuhr Gödel fort, »sich diese Bank mal näher anzuschauen. Das zweite Konto, also das, was wir auf der zweiten Leiche gefunden haben, ist von einer anonymen Stiftung. Mehr haben die Schweizer dazu bislang nicht herausgerückt. Außerdem kamen die Zahlungen an unser erstes Opfer von diesem Konto.«

»Klingt so, als könnte die Steuerfahndung mal wieder ihrem Ruf als ›Profit-Center‹ gerecht werden«, sagte sie mit einem Lächeln, das auch ein Zähnefletschen sein konnte. Ihre wachen Augen lächelten nicht mit, sondern hielten ihre Umgebung unter Dauerbeobachtung.

»Halte mich bitte auf dem Laufenden. Ich werde gleich mal jemanden zur Unterstützung für eure Wirtschaftskriminaler losschicken. Bis später.«

Nahezu lautlos war sie wieder aus dem Zimmer verschwunden.

»Mathilda Geier würde besser passen«, witzelte Schneider.

Er hatte es kaum ausgesprochen, als sich die Tür noch einmal öffnete.

»Ich habe nicht nur scharfe Augen, sondern auch ebensolche Ohren, Bürschchen. Wenn du nicht willst, daß ich demnächst auf deinen Eingeweiden herumkaue, ob als Adler oder Geier überlasse ich dir, dann laß dir lieber den vorlauten Schnabel zubinden.«

Im nächsten Moment war sie schon wieder verschwunden. Gödel und Kerber lachten laut los, während Schneider offenkundig nicht wußte, wie er reagieren sollte.

»So eine Schreckschraube«, murrte er halblaut, nicht ohne vorher einen prüfenden Blick zur Tür zu werfen.

»Ich werde mich mal mit den Callgirls unterhalten, die bei Udo Weber, unserem zweiten Toten, ein- und ausgegangen sind. Das Opfer bringe ich gerne, schließlich kann ich nicht verantworten, einen jungen Kollegen wie dich, Markus, bei solchen Damen in Verlegenheit zu bringen. Schau du dir den Wagen des Geschäftsführers an. Es schadet sicher nichts, wenn du bei der Gelegenheit seine Frau befragst. Diana kann dich ja begleiten und dich um die Fettnäpfchen herumschubsen.«

»Sehr witzig«, kommentierte Schneider sarkastisch. »Und ich nehme an, du nimmst den Dienstwagen, oder?«

»Tja, es hat schon gewisse Vorzüge, der Dienstältere zu sein«, sagte Gödel und verließ das Büro.

»Na toll, dann können wir also mit der S-Bahn fahren.«

»Ich habe mein Auto dabei«, bot Kerber an. »Verfolgungsjagden stehen doch keine auf dem Programm, oder?«

»Ist der Wagen so langsam?«

»Das nicht, aber er hat kein Blaulicht. Und ich will auch nicht, daß er Kratzer bekommt.«

Schneider mußte nicht abwarten, bis sie den Knopf der Fernsteuerung drückte, um ihren Wagen zu erkennen. Der weinrote Jaguar fiel auf dem LKA-Parkplatz auf, wie ein Clown in einer Trauergesellschaft. Er traute sich kaum, den Türgriff anzufassen, so sehr strahlte der Wagen eine gediegene und teure Eleganz aus.

»Einsteigen, anschnallen und das Rauchen einstellen. Wir heben in Kürze ab«, witzelte sie.

Selten hatte sich Schneider in einem Auto so deplaziert gefühlt. Helle, weiche Ledersitze, Echtholzverkleidung, gepaart mit modernster Technik. Ein Navigationsgerät fuhr aus der Frontkonsole. Kerber sprach die Adresse nur laut aus und das Gerät berechnete bereits die Route.

»Ändert das Navi jetzt jedes Mal die Route, wenn wir irgend etwas sagen, das ein Straßenname sein könnte«, wollte Schneider wissen.

»Solange ich nicht diesen kleinen Knopf am Lenkrad drücke, hört das Navi diskret weg, wenn wir uns unterhalten.«

Sie ließ den Motor an, was im Innenraum des Wagens nur durch eine leichte Vibration zu spüren war. Sanft wie ein Segelboot glitt der Wagen vom Parkplatz. Schweigend fuhren sie durch die Straßen Wiesbadens. Nur das Navigationsgerät gab von Zeit zu Zeit klare Anweisungen. Schließlich erreichten sie die Autobahn. Der Geräuschpegel im Wagen war noch immer äußerst gering.

»Tolles Auto«, sagte Schneider schließlich, als ihm die Stille unangenehm wurde.

»Es hatte eine ziemlich lange Lieferzeit, aber es hat sich gelohnt, finde ich. Hast du auch ein Auto?«

»Einen kleinen Mazda. Ich habe allerdings keinen Parkplatz im LKA.«

»Ich hatte früher auch einen Mazda. Einen 323er. Zuverlässiger Wagen. Hat 15 Jahre bei mir durchgehalten.«

Eine Weile herrschte wieder Stille.

»Hattest du schon öfter mit Frau Adler zu tun?«

»Mit dieser Furie? Glücklicherweise nicht. Karlheinz kennt sie von einem früheren Fall. Muß vor meiner Zeit gewesen sein. Ich glaube, er mag sie. Steht wohl auf herbe Frauen.«

»Warum reagierst du eigentlich so aggressiv auf starke Frauen?«

»Mach ich nicht!«

»Wenn du meinst«, antwortete sie lächelnd.

»Gibt das jetzt eine tiefenpsychologische Analyse?«, fragte er in leicht beleidigtem Tonfall.

»Von mir aus nicht. Mich hat einfach interessiert, warum du manchmal so verbiestert reagierst. Das hast du doch gar nicht nötig.«

Irritiert schaute er sie an.

»Machst du dich über mich lustig?«

»Nein, Markus. Gar nicht. Ich fände es nur schade, wenn es zwischen uns immer wieder zu unnötigen Streitereien käme. So etwas kenne ich eigentlich nur von dummen Männern, die sich durch starke und intelligente Frauen bedroht fühlen. Deswegen meinte ich, daß du das doch gar nicht nötig hast. Du bist nicht dumm. Und ich wüßte auch sonst nicht, warum du dich minderwertig fühlen solltest.«

»Was weißt du schon von mir.«

»Nicht viel, natürlich. Aber ich habe eine recht gute Menschenkenntnis. Das ist in meinem Beruf ziemlich hilfreich.«

»In beiden Berufen«, ergänzte sie lachend und er stimmte zögernd in ihr Lachen ein.

»Ich bin aber keiner von deinen Perversen.«

»Das nehme ich jetzt mal einfach so zur Kenntnis«, sagte sie lächelnd. »Aber was ist schon pervers? Etwas, das die Mehrheit nicht nachvollziehen kann. Man könnte also auch sagen: Nicht durchschnittlich. Und wer möchte schon Durchschnitt sein.«

»Das kann aber doch nicht normal sein, wenn sich jemand freiwillig den Hintern verhauen läßt. Oder wenn jemand drauf steht, sich unterdrücken zu lassen.«

»Eigentlich sind das ganz normale menschliche Mechanismen, die nur in einem etwas ungewöhnlichen Kontext stehen. Nimm zum Beispiel die Masochisten, die Schmerzen erregend finden. Zum einen tun sie das nur in bestimmten Situationen. Ich kenne keinen, der gerne zum Zahnarzt geht. Zum anderen passiert im Körper bei starken Schmerzen das Gleiche, was auch Leistungssportler kennen und schätzen. Der Körper produziert Endorphine. Das sind körpereigene, morphiumähnliche Substanzen, die Schmerzen reduzieren und ein Hochgefühl auslösen. Das Besondere an Masochisten ist nur, daß sie dieses Hochgefühl auch sexuell stimuliert. Das raubt dir jetzt vielleicht die Illusion des Verruchten, aber bei Licht betrachtet ist die SM-Neigung nur eine Art sexueller Geschmacksrichtung. Manche mögen keinen Fisch, andere keine Schokolade. Und andere können sich nicht vorstellen, auf Fisch oder Schokolade zu verzichten.«

»Ich weiß nicht. Für Frauen muß es doch abstoßend sein, wenn Männer sich von ihnen verprügeln oder demütigen lassen wollen.«

»Es gibt Frauen, die finden Männer mit Bart abstoßend. Andere finden Bärte bei Männern erotisch. Auch das ist reine Geschmackssache.«

»Na ja, das ist halt deine professionelle Sicht. Aber diese Männer müssen dir doch ziemlich jämmerlich vorkommen. Ich kann mir nicht vorstellen, daß eine Frau solche Männer für voll nehmen kann.«

»Ich bin nicht nur des Geldes wegen Domina. Mich reizen genau diese Männer und das, was ich mit ihnen tun kann. Ein sogenannter ›normaler‹ Mann wäre langweilig für mich.«

Nachdenklich blickte Schneider auf die Straße.

»Übrigens schlagen sich viele devot veranlagte Männer mit den gleichen Gedanken herum, die dir gerade durch den Kopf gehen. Zumindest solange, bis sie ihre Neigung akzeptiert haben.«

»Willst du damit andeuten, daß ich ...«

»Ich will gar nichts andeuten oder unterstellen. Ich habe dir nur ausführlich auf deine Fragen geantwortet. Und keine Sorge, unsere Unterhaltung bleibt unter uns.«

Bis zur Ausfahrt Kronberg herrschte wieder Schweigen im Auto.

Die Frau des Geschäftsführers

(Donnerstag, vormittags)

»Guten Tag, Frau Metzger. Kriminalkommissar Schneider. Wir untersuchen das Verschwinden Ihres Mannes. Können wir einen Moment hereinkommen?«

»Ja, natürlich. Haben Sie meinen Mann gefunden? Geht es ihm gut?

»Wir suchen ihn noch. Können Sie uns erzählen, wie er verschwunden ist?«

»So genau weiß ich das auch nicht. Ich war an dem Abend noch bei einer Freundin gewesen. Als ich zurückkam, war er noch nicht zuhause. Ich dachte erst, er sei vielleicht noch einmal weggefahren oder hätte länger im Büro zu tun.«

»Ist es häufig vorgekommen, daß er abends länger arbeitete oder noch mal weggegangen ist, ohne Ihnen Bescheid zu sagen?«

»Manchmal. Deshalb hatte ich mir auch erst nichts dabei gedacht. Als ich dann aber sah, daß sein Wagen schon in der Garage stand, begann ich, mir Sorgen zu machen und habe ihn dann am nächsten Morgen vermißt gemeldet. Wo kann er bloß sein?«

»Ist Ihnen irgend etwas Ungewöhnliches aufgefallen? Oder Ihren Nachbarn? Fehlt etwas aus der Wohnung oder aus dem Auto?«

»Nein, mir ist nichts aufgefallen. Und die Nachbarn, die, mit denen wir etwas Kontakt haben, waren schon seit drei Tagen im Urlaub. Auf Barbados, soweit ich weiß.«

»Dürfen wir uns mal das Auto ansehen?«

»Natürlich. Es steht noch immer in der Garage.«

Sie betraten gemeinsam die Garage, die genug Platz für drei Fahrzeuge bot. Neben einem dunkelblauen Benz stand ein roter, kleiner Sportwagen.

»Der blaue da ist seiner.«

»Haben Sie den Wagenschlüssel?«

»Ja, ich hole ihn.«

Schneider zog sich einen Handschuh über, kniete sich vor der Limousine hin und griff unter die Stoßstange.

»Da klebt was«, murmelte er. »Das muß sich die Spurensicherung anschauen.«

»Ist etwas mit dem Auto?«, wollte Frau Metzger wissen.

»Ja, da ist etwas angebracht worden. Tut mir leid, dafür muß ich die Spurensicherung kommen lassen. Es ist Ihnen doch recht, wenn die auch im Eingangsbereich Ihres Hauses nachschauen, oder?«

»Die machen mir doch nichts unordentlich oder dreckig? Ich habe heute erst gründlich staubgesaugt und geputzt.«

Sie schaute ihn dabei mit großen Augen und einem naiven Blick an.

»Auch an der Eingangstür?«, wollte er wissen.

»Selbstverständlich. Besonders dort. Da ist es ja meist am dreckigsten.«

»Aber am Wagen haben Sie noch nichts saubergemacht, oder?«

»Nein, darum kümmert sich mein Mann. Wenn er wieder da ist, meine ich.«

»Gut. Dann fassen Sie bitte auch jetzt nichts am Wagen Ihres Mannes an, bis die Spurensicherung da war.«

»Ja, klar. Wissen Sie schon, wann Ihre Kollegen kommen? Ich muß noch einkaufen gehen und wollte außerdem nachher in die Stadt fahren.«

»Ich frage mal nach«, antwortete Schneider und griff zu seinem Mobiltelefon, mit dem er die Spurensicherung anforderte.

»Die Kollegen kommen in etwa dreißig Minuten und brauchen wahrscheinlich nicht länger als eine Stunde.«

Mißbilligend verzog Frau Metzger den Mund und schaute demonstrativ auf die Uhr.

»Hoffentlich verspäten sie sich nicht.«

Schneider und Kerber verabschiedeten sich.

»Mann, ist die blond«, stöhnte Schneider. »Ihr Mann verschwindet und sie putzt erst mal alle möglichen Spuren weg.«

»Sie ist lange nicht so naiv, wie sie sich gibt«, kommentierte Kerber. »Vielleicht ist ihre Dummchen-Masche ein reflexhaftes Verhalten allen Männern gegenüber. Aber echt war es nicht. Und die Sorge um ihren Mann hielt sich auch in Grenzen.«

»Meinst du, sie könnte etwas mit dem Verschwinden ihres Mannes zu tun haben?«

»Keine Ahnung. Vielleicht sollten wir mal eine Runde bei den Nachbarn machen, ob da jemand etwas Verdächtiges gesehen hat.«

Die Befragung der Nachbarn brachte keine neuen Erkenntnisse. Niemand hatte etwas gesehen oder gehört. Allerdings schienen die Bewohner dieses Ortsteils von Kronberg ohnehin lieber für sich alleine zu bleiben.

»Laß uns zurückfahren. Vielleicht hat Karlheinz ja etwas herausgefunden. Falls er überhaupt schon mit der Befragung der ›Damen‹ fertig ist.«

Sie stiegen in den Jaguar und fuhren entspannt zurück. Kerber ließ ›Dire Straits‹ aus der Musikanlage des Wagens erklingen. Bei ›Sultans of Swing‹ fuhren sie auf die Autobahn nach Wiesbaden.

»Ist das die Musik, die du gerne hörst?«, wollte Schneider wissen.

»Das kommt auf meine Stimmung an. Diese Musik finde ich gut, um ganz entspannt Auto zu fahren. Wenn dir das zu einlullend ist, kann ich aber auch etwas anderes spielen lassen. Wie wär's mit ›Lacuna Coil‹, ›Fireball Ministry‹ oder ›Monster Magnet‹?«

»Nie gehört. Was sind das für Bands?«

Ein kurzer Handgriff zur Konsole und kurz darauf ertönte druckvoller Heavy Metal im Wagen.

»Das ist ›Nickelback‹ mit ›Something in your mouth‹«, übertönte sie die Musik mit überraschend kräftiger Stimme. »Der Text ist übrigens ganz witzig.«

Ihre Fahrweise änderte sich mit der Musik. Schneider war erstaunt, zu welcher Beschleunigung die Limousine fähig war. Er drückte sich verkrampft in den Sitz und beobachtete mit einer Mischung aus Nervosität und Bewunderung, wie sie den Wagen über die Autobahn jagte. Bei aller Rasanz steuerte sie den Wagen souverän und umsichtig durch den dichter werdenden Verkehr. Als sie sich Wiesbaden näherten, drehte sie die Musik leiser.

»Kannst du mehr über diese Frau Metzger in Erfahrung bringen? Ob sie noch etwas Anderes macht, als das Luxusweibchen eines Spitzenverdieners zu spielen, was für eine Ausbildung sie hat und ob sie regelmäßig in ein Fitneß-Center oder einen Sportclub geht.«

»Du hältst sie tatsächlich für verdächtig?«

»Ich halte ihr Auftreten nicht für authentisch. Ob sie etwas mit den Morden und dem Verschwinden ihres Mannes zu tun hat, kann ich nicht einschätzen.«

»Ich habe mal gehört, das beste Verhältnis, das zwei Frauen haben können, sei Waffenstillstand«, witzelte Schneider.

»Das kommt sehr darauf an, ob sie in Konkurrenz stehen«, antwortete Kerber lachend. »Bei ihr ist mein Interesse rein beruflich. Nebenberuflich, also als Polizeipsychologin.«

Im LKA trafen sie Gödel wieder. Er empfing sie mit einem zufriedenen Grinsen.

»Du siehst aus, als hättest du dich prächtig mit den Callgirls amüsiert«, stichelte Schneider mit einer Spur Neid.

»Ich glaube, der Junge hat eine schmutzige Phantasie«, entgegnete er gut gelaunt in Richtung Kerber. »Habt ihr etwas herausfinden können?«

»Am Wagen ist auch so ein Sender. Ich habe die Spurensicherung hinbestellt. Und Diana bezweifelt, daß seine Frau sich große Sorgen um ihren Mann macht. Ach ja, die Nachbarn haben nichts mitbekommen. Und wie war's bei dir?«

»Interessant. Die Damen haben eine ziemlich geringe Meinung von Udo Weber. Er zahlte zwar gut, war ansonsten aber wohl ein ziemliches Arschloch. Sie meinten, er habe Frauen herablassend und arrogant behandelt. Witzigerweise machte ihnen das allerdings nichts aus. Nicht, daß sie darauf stehen, als Schlampen behandelt zu werden. Aber eine hat es schön auf den Punkt gebracht. Für sie war Weber nur eine große Kreditkarte mit einem kleinen Schwanz dran. Daß er auch reden konnte, sei ihr gar nicht aufgefallen.«

Jetzt grinsten auch die beiden anderen.

»Er war doch geschieden. Vielleicht sollten wir uns mal mit seiner Ex-Frau unterhalten«, schlug Kerber vor. »Wenn es irgendwelche dunklen Geheimnisse bei ihm gab, sollten wir bei ihr an der richtigen Adresse sein.«

»Klingt vernünftig«, stimmte Gödel zu.

Er schaute zu Schneider, der konzentriert auf seinen Bildschirm schaute und seine Tastatur gelegentlich mit den Zeigefingern traktierte.

»Ich schaue gerade mal nach, ob sich etwas über Metzgers Frau finden läßt«, erklärte er ohne aufzuschauen. »Sie ist zehn Jahre jünger als ihr Mann, hat seinetwegen ein Biologiestudium aufgegeben und hält sich regelmäßig mit Tae-Kwon-Do fit.«

»Wie hast du denn das jetzt herausgefunden?«

»Sie hat ein Profil in ›Facebook‹. Das ist natürlich nur ihre Selbstdarstellung. Aber die ist in diesen ›Social Networks‹ oft überraschend ehrlich. Jedenfalls scheint ihre Dummchen-Masche tatsächlich nur gespielt zu sein, wie du vermutet hast, Diana.«

Sie nickte ihm lächelnd zu, was Gödel mit einer hochgezogenen Braue quittierte.

»Da ihr ja jetzt so ein gutes Team seid, könnt ihr auch Webers Ex-Frau befragen. Ich gehe zwischenzeitlich die Liste der von der Bank direkt oder indirekt gefeuerten Leute durch. Wer Probleme hatte, wieder Arbeit zu finden, wer sich mit Elektronik für so einen GPS-Tracker auskennt und lauter solche Sachen, bei denen man gemütlich über einem Stapel Papiere sitzen und Kaffee trinken kann.«

»Die Ex-Frau heißt Sabrina Schreier«, las Schneider von seinem Bildschirm ab. »Sie hat ihren Mädchennamen wieder angenommen und wohnt in Neu-Isenburg. Das ist doch in der Nähe der A5, wo wir die Toten gefunden hatten. Von der Ausbildung her ist sie Wirtschaftsinformatikerin. Techniker, die mit einem Lötkolben umgehen können, sind das meist nicht.«

»Hast du das jetzt auch von Facebook?«, wollte Gödel erstaunt wissen.

»Nein, vom Standesamt Frankfurt und der Meldestelle Neu-Isenburg.«

»Na, dann fahren wir sie doch mal besuchen. Wenn sie normale Arbeitszeiten hat, sollte sie zuhause sein, bis wir dort ankommen. Nehmen wir wieder meinen Wagen?«

»Warum nicht? Wann bekommt man schon die Gelegenheit, in einer Luxus-Limousine mit Chauffeur zu reisen. Hast du nicht auch eine standesgemäße Uniform?«

»Ich habe schon eine. Aber ich fürchte, die ist dir zu gewagt.«

Lachend verließen sie das Büro. Gödel sah ihnen kopfschüttelnd und mit einem Lächeln nach. Dann stand er von seinem Schreibtisch auf und ging zur Tür. Gerade öffnete sich die Tür des Aufzugs, vor dem Schneider und Kerber warteten.

»Diana«, rief er über den Gang, »kannst du grad noch mal kommen? Nur ganz kurz.«

Sie gab Schneider ihren Autoschlüssel.

»Ich komme gleich nach.«

Mit fragendem Gesichtsausdruck kam sie zu Gödel zurück.

»Spiel nicht mit ihm«, sagte Gödel halblaut, als sie direkt vor ihm stand. »Verdreh dem Jungen nicht den Kopf.«

Kerber zog eine Augenbraue nach oben.

»Bist du sein Vormund?«

»Nein, ich bin sein direkter Vorgesetzter. Wenn er Liebeskummer hat, kann er sich nicht auf die Kriminalfälle konzentrieren, die er zu lösen hat. Außerdem – verstehe ich mich als so eine Art väterlicher Freund, auch wenn er das sicher nicht so sieht.«

»Und ich bin der männermordende Vamp, vor dem du ihn beschützen mußt?«

»Ich weiß nicht, was du bist oder was du willst. Ich sehe nur, daß es dir im Handumdrehen gelingt, Männern den Kopf zu verdrehen.«

»Männern? Mehrzahl?«

»Na ja«, antwortete er mit einem dünnen Grinsen, »auch bei mir verfehlst du deine Wirkung nicht. Ich bin nur erfahren genug, um meine Chancen realistisch einschätzen zu können.«

Einen Moment schaute sie ihn kritisch an.

»Für einen Augenblick habe ich gedacht, du seiest neidisch auf ihn. Nein, nein«, hob sie beschwichtigend ihre Hand, als Gödel antworten wollte, »wirklich nur für einen Augenblick. Du machst dir tatsächlich Sorgen um ihn.«

Nachdenklich betrachtete sie ihre weinrot lackierten Fingernägel.

»Natürlich weiß ich«, sagte sie langsam, ohne aufzublicken, »welche Wirkung ich auf Männer habe. Und ich kann nicht behaupten, daß mir das unangenehm ist.«

Dann sah sie ihm direkt in die Augen und fuhr fort: »Ich weiß noch nicht, ob ich versuchen werde, ihn mir zu angeln. Er sieht gut aus, ist süß und vielleicht ein bißchen naiv in bezug auf Frauen, was ich ganz reizvoll finde. Aber ich habe, wie dir klar sein dürfte, so meine eigenen Vorstellungen davon, wie ein Mann für mich sein muß. Ob er zu dieser Sorte Männern gehört, weiß ich noch nicht. Was ich dir versprechen kann ist, daß ich nicht nur so zum Spaß mit seinen Gefühlen spielen werde, um ihn dann fallen zu lassen.«

»Und wenn er deinen Vorstellungen entspricht, willst du ihn zu deinem Schoßhündchen abrichten? Zu einem willenlosen Sklaven?«

Die Mißbilligung stand Gödel ins Gesicht geschrieben.

»Da hast du etwas falsche Vorstellungen von mir und meiner Neigung. Um sich mir zu unterwerfen, muß man einen starken Charakter und einen festen Willen mitbringen. An einem Waschlappen habe ich kein Interesse. Weder vor, noch während der Beziehung.«

Die Ex-Frau
(Donnerstag, nachmittags)

Als Kerber zu ihrem Auto kam, saß Schneider hinter dem Steuer. Sobald er sie kommen sah, stieg er aus.

»Wenn du willst, kannst du auch gerne fahren.«

Man sah Schneider an, daß er das gerne tun würde.

»Tut mir leid, aber ich könnte mir die Reparatur nicht leisten, falls meinetwegen eine Schramme an den Wagen käme.«

»Dann schlage ich vor, du fährst vorsichtig. Abgesehen davon ist der Wagen vollkasko-versichert. Aber wenn du keine Lust hast ...«

»Doch, natürlich. Wann hat man als Normalverdiener schon mal Gelegenheit, einen Jaguar zu fahren?«

»Gut. Dann auf zu Webers Ex-Frau.«

Schneider machte sich mit den Armaturen vertraut und ließ den Wagen an. Man konnte ihm ansehen, daß er auf keinen Fall einen Fehler machen wollte.

»Ganz entspannt, Markus. Der Jaguar dürfte eher leichter zu fahren sein, als dein Mazda. Es ist eine Limousine, kein Sportwagen.«

Tatsächlich schien es Schneider, als fahre das Auto fast von selbst.

»Etwa auf Höhe deines rechten Mittelfingers ist auf der Rückseite des Lenkrades ein kleiner Schalter. Wenn du ihn betätigst, kannst du dem Navi mitteilen, wo es dich hinführen soll.«

Er ertastete den Schalter, drückte ihn und nannte ihre Zieladresse. Der Navigationsbildschirm fuhr aus der Konsole und das Gerät gab nach wenigen Sekunden Anweisungen.

»Edel, edel«, schwärmte Schneider. »Was hat Karlheinz eigentlich von dir noch gewollt?«

»Nichts Wichtiges. Es hatte nichts mit unserem Fall zu tun.«

»Schon gut, es geht mich ja nichts an«, kam es hörbar enttäuscht von Schneider.

»Ich möchte einfach nicht darüber sprechen. Findest du nicht auch, daß Frauen durch kleine Geheimnisse interessanter werden?«

»Als ob du das nötig hättest ...«

»Herzlichen Dank für das Kompliment.«

»Diana?«

»Ja?«

Schneider schien nach den richtigen Worten zu suchen.

»Ich möchte mich bei dir entschuldigen.«

»Wofür denn?«

»Für den Mist, den ich heute morgen gesagt habe. Das mit den Callgirls und dir. Es tut mir leid.«

»Das ist doch schon längst vergessen. – Aber es gefällt mir, daß du den Mut hast, dich für ein Fehlverhalten zu entschuldigen, das dir unterlaufen ist. Vielen fällt das sehr schwer.«

»Mir auch«, sagte er kleinlaut.

»Deswegen ist es ja mutig.«

»Ich weiß auch nicht, was mich da geritten hatte.«

»Ich schon. Willst du es denn wissen?«

»Ich bin mir nicht so sicher. Irgendwie habe ich das Gefühl, bei jedem Gespräch mit dir mehr über mich zu erfahren. Und ich erkenne dabei Dinge, die ich gar nicht wissen will.«

»Nach meiner Erfahrung ist es vorteilhaft, sich selbst gut zu kennen.«

»Mag sein. Aber ich finde manche dieser Einblicke beunruhigend.«

Schweigend fuhren sie weiter.

»Na gut«, sagte Schneider schließlich, »sag es mir. Warum habe ich mich so idiotisch verhalten?«

»Mein Beruf macht dir zu schaffen. Nicht aus moralischen Gründen. Du findest mich anziehend und hast Angst, du könntest dich in mich verlieben. Die Vorstellung, eine Domina zu lieben, erscheint dir entweder aussichtslos oder erschreckend, wahrscheinlich beides. Was meinst du, könnte ich recht haben?«

»Manchmal bist du mir unheimlich.«

»Aussichtslos ist es aber ohnehin«, fuhr er nach einer Weile fort. »Eine tolle Frau wie du hat doch mit Sicherheit einen festen Freund.«

»Auch für dieses Kompliment herzlichen Dank. Mit einem festen Freund ist es in meinem Beruf problematisch. Die wenigsten Männer kommen mit der Vorstellung zurecht, daß sich ihre Frau oder Freundin auch mit anderen Männern erotisch vergnügt. Und meinen Beruf aufzugeben, kommt für mich nicht in Frage. Mit anderen Worten: Nein, ich habe keine feste Beziehung. Du siehst, wir haben alle unser Päckchen zu tragen.«

Den Rest der Fahrt sagte niemand mehr ein Wort.

Sie betraten ein Mietshaus mit sechs Parteien und klingelten bei Sabrina Schreier. Eine schmächtige, junge Frau öffnete ihnen. Aus der Wohnung drang nur ein schummriges Licht.

»Kriminalpolizei. Guten Tag Frau Schreier. Wir möchten mit Ihnen über Udo Weber sprechen.«

»Meinen Ex-Mann? Ich hoffe, Sie wollen von mir nicht wissen, wo er sich aufhält. Seit der Scheidung habe ich ihn nicht mehr gesehen. Und ich muß sagen, ich lege auch keinen Wert darauf.«

»Nein, wir wollen nicht von Ihnen wissen, wo er sich aufhält. Können wir reinkommen?«

»Wie? Ach so, ja, natürlich. Ich hoffe, es stört Sie nicht, daß das Licht nicht sehr hell ist. Dann sieht man den Staub nicht so.«

Sie lachte.

»Was wollen Sie denn dann von mir wissen? Hat er was ausgefressen? Kann ich irgend etwas Belastendes über ihn zu Protokoll geben?«

»Er ist tot. Ermordet.«

»Oh. Dann sollte ich mich mit meinen Bemerkungen über ihn wohl zurückhalten, um mich nicht verdächtig zu machen.«

»Wissen Sie, ob er Feinde hatte?«

»Ich denke, Sie werden nicht viele Menschen finden, die ihn kennen und gut auf ihn zu sprechen sind. Er ist – pardon, war – ein Widerling. Mag sein, daß man über Tote nicht schlecht sprechen sollte, aber Sie sind ja sicher nicht hergekommen, um sich eine Grabrede anzuhören.«

»Warum haben Sie ihn denn dann geheiratet?«, wollte Kerber wissen.

»Als ich ihn in der Bank kennenlernte, gab er sich liebenswürdig und zuvorkommend. Später erzählte er mir von einer Wette, die er mit dem Geschäftsführer laufen hatte. Er hatte gewettet, daß ich ihn innerhalb eines halben Jahres heiraten würde. Und er hat gewonnen. Nach der Heirat gab er sich dann ganz natürlich. Natürlich bedeutet: Er verhielt sich wie ein Schwein. Es machte ihm Spaß, Menschen zu demütigen. Zu den eher noch harmlosen Dingen gehörte beispielsweise, mir auf der Arbeit – vor allen Kollegen – zuzurufen, ich solle doch endlich mal die Toilette zuhause sauber machen. Sie sähe furchtbar aus. Oder er bedachte mich – ebenfalls vor Publikum – mit Bezeichnungen, die vielleicht beim Dirty Talk ihre Berechtigung haben, wenn man es besonders schmutzig mag, aber definitiv nicht bei einer Geschäftsbesprechung. Nicht, daß ich die Einzige gewesen wäre, die er nach Kräften zu demütigen versuchte. Er hat alle Kündigungsgespräche selbst geführt, weil es ihm so viel Spaß machte, die Leute nicht nur auf die Straße zu setzen, sondern ihnen dabei auch noch klar zu machen, daß sie ohnehin Versager seien. Na ja, ein Vierteljahr nach unserer Hochzeit waren wir wieder geschieden.«

»Besonders kompliziert dürfte die Scheidung nicht gewesen sein.«

»Stimmt. Er hatte mir vor der Hochzeit erzählt, er habe ziemlich viele Schulden. Wir haben daher einen Ehevertrag mit Gütertrennung abgeschlossen. Das mit den Schulden war natürlich gelogen. Er wollte nur vermeiden, mir bei der Scheidung, die für ihn von Anfang an einkalkuliert war, etwas zahlen zu müssen. Statt dessen mußte ich mich noch mit der Bank herumschlagen, um ein anständiges Zeugnis zu bekommen, nachdem ich gekündigt hatte. In der ersten Version hatte dieses Arschloch statt meiner Arbeitsleistung meine angeblichen sexuellen Fertigkeiten beurteilt. Erst, als ich Klage erhob und mein Anwalt andeutete, daß zu der Verhandlung viele Journalisten kommen würden, lenkte die Bank ein. Diese Art von Publicity war dem Geschäftsführer wohl doch unangenehm. Ich bekam eine Abfindung und ein korrektes Zeugnis. Tja, und jetzt arbeite ich bei einer Versicherung.«

»Warum hatten Sie Ihren Arbeitsplatz aufgegeben?«

»Glauben Sie, ich hätte mich statt dessen von diesem Schwein weiter mobben lassen? Schließlich war er ja dort Personalchef. Außerdem hatte er mich bereits überall bei den Kollegen unmöglich gemacht. Und ich wollte ihm auch nicht die Freude gönnen, mich unter irgend einem Vorwand rauszuwerfen.«

»Apropos rauswerfen. Warum sind eigentlich so viele Leute in der Bank entlassen worden? Lief es geschäftlich nicht gut?«

»Doch, eigentlich schon. Aber von der Mentalität her sind die Top-Manager dieses Ladens reine Verwalter. Neue Ideen, wie sie die Einnahmen steigern können, haben sie nicht. Bleibt also nur, Kosten einzusparen, um den Quartalsgewinn zu erhöhen. Und das geht am einfachsten, wenn man Mitarbeiter entläßt. Inzwischen ist auf diese Weise schon ziemlich viel Know-how aus der Firma verschwunden. Aber es dauert eine ganze Weile, bis sich so etwas in den Geschäftszahlen niederschlägt, zumal, wenn einfach nur stumpf so weitergemacht wird, wie bisher. Als Anlagetip käme diese Bank für mich allerdings nicht in Frage.«

»Wissen Sie etwas über Unregelmäßigkeiten in der Bank?«

»Nicht aus erster Hand. Udo hatte damit geprahlt, daß er den Betriebsratsvorsitzenden und noch einen aus dem Betriebsrat über eine schwarze Kasse bestochen habe. Aber beweisen kann ich das nicht.«

»Wissen Sie, wer der zweite Betriebsrat war, den er angeblich bestochen hat?«

»Nein, das hat er mir nicht erzählt.«

»Gibt es irgend jemanden, der besonders schlecht auf ihn zu sprechen war?«

»Außer mir, meinen Sie? Nein, das weiß ich nicht. Sicher die meisten der Entlassenen. Aber ob es da jemand Bestimmten gegeben hat, kann ich Ihnen nicht sagen.«

»Vielen Dank. Sollte Ihnen noch etwas einfallen, geben Sie uns bitte Bescheid. Hier ist meine Karte.«

»Wie wurde er eigentlich ermordet?«

»Darüber darf ich im Moment keine Auskunft geben.«

»Na egal. Wenn Sie seinen Mörder finden, richten Sie ihm von mir aus, er habe ein gutes Werk getan.«

* * *

»Sind wir eigentlich die Guten, wenn wir den Mörder dieses Widerlings jagen?«, überlegte Kerber, während sie zum Wagen gingen.

»Wir sind Polizisten, nicht Richter«, antwortete Schneider schulterzuckend. »Mal abgesehen davon – das ist jetzt wirklich nicht als Angriff gemeint – aber für mich klang das eben so, als wäre er ein Sadist. Müßtest du dafür nicht Verständnis haben?«

»Nein, muß ich nicht. Ich lebe meine Neigung mit und an denen aus, die es wollen und erregend finden. Das ist der gleiche Unterschied, wie der zwischen Beischlaf und Vergewaltigung. Mechanisch gesehen ist beides dasselbe. Trotzdem ist das eine etwas Schönes, das andere ein scheußliches Verbrechen.«

»Sorry, ich wollte dich nicht beleidigen.«

»Hast du auch nicht. Dieses Mißverständnis ist leider ziemlich verbreitet.«

Sie erreichten den Jaguar. Kerber sah Schneider fragend an. Der schaute auf seine Armbanduhr.

»Es ist schon spät. Wir müssen heute nicht mehr ins LKA zurück. Wenn du mich in Frankfurt absetzen könntest ... Ich nehme dann die S-Bahn nach Hause.«

»Gut«, sagte Kerber, »dann fahre ich. Aber es macht mir nichts aus, dich zuhause abzuliefern. Natürlich nur, wenn du mir deine Adresse verraten willst.«

»Flörsheim. Das ist zwischen Frankfurt und Wiesbaden.«

»Ich weiß. Dann steig mal ein.«

Sie fuhren los.

»Was hältst du von Webers Ex-Frau?«, fragte Schneider. »Meinst du, sie kommt für die Morde in Frage?«

»Vom Motiv her mit Sicherheit bei ihrem Ex-Mann. Daraus hat sie ja auch keinen Hehl gemacht. Bei ihrer Statur glaube ich allerdings nicht, daß sie die Toten an die Bäume hätte hängen können. Jedenfalls nicht alleine. Sie wirkte fast etwas kränklich auf mich. Ihr Makeup war zwar dezent, aber ziemlich dick aufgetragen. Schwer zu sagen, ob sie zu einem Mord fähig ist. Unter den richtigen Umständen ist das wohl jeder. Aber warum sollte sie den Betriebsrat ermorden?«

»Irgendwie tappen wir noch immer ziemlich im Dunkeln.«

»Ich werde morgen versuchen, ein Täterprofil zu erstellen. Vielleicht muß ich auch noch einmal mit eurem Pathologen reden. Die Fakten, die wir bisher haben, sind ziemlich dünn. Wir wissen nicht einmal, ob es um einen einzelnen Täter geht oder um mehrere. Nachdem du am Wagen des Geschäftsführers einen Sender gefunden hattest, ist er wahrscheinlich das nächste Opfer. Ob er noch lebt?«

»Wenn nicht, werden wir morgen wahrscheinlich die nächste Leiche an der A5 hängen haben. Verrückt, daß niemand etwas gesehen hat. Selbst mitten in der Nacht sind immer noch einzelne Fahrzeuge auf der Autobahn. Vielleicht sollten wir mal einen Aufruf im Rundfunk starten. Ich notiere mir das gleich mal und frage morgen Karlheinz, was er davon hält.«

Nachdem er sich die Punkte notiert hatte, klappte er demonstrativ sein kleines Notizbuch zu und steckte es weg.

»Feierabend«, sagte er grinsend und schaute zu Kerber hinüber.

»Und was macht ein Kriminalkommissar an seinem Feierabend? Schaut er sich Krimis im Fernsehen an und regt sich dann darüber auf, daß sie unrealistisch sind?«

»Nein«, lachte Schneider, »er träumt von schönen, unerreichbaren Frauen, die teure Limousinen fahren.«

Dann erstarrte er, als sie ihre rechte Hand auf seinen Oberschenkel legte. Sein Puls raste und er wagte nicht zu atmen, aus Angst, diesen für ihn magischen Moment zu zerstören.

»Das ist heute schon das dritte Kompliment«, sagte sie, während ihre Hand noch immer regungslos auf seinem Bein lag. »Du spielst mit dem Feuer, Markus. Sicher kennst du den Spruch: Sei vorsichtig mit dem, was du dir wünschst. Es könnte in Erfüllung gehen. Überlege dir genau, worauf du dich einlassen willst.«

Sie nahm ihre Hand wieder ans Lenkrad. Schneider schnappte möglichst unauffällig nach Luft. Ihm war, als stünde er in Flammen. Als er bemerkte, daß seine Hände zitterten, preßte er sie auf seine Beine.

»Ich wüßte gerne genauer«, kam es von ihm mit belegter Stimme, »worauf ich mich einlassen würde.«

»Das läßt sich einrichten. Allerdings nicht mehr heute abend. Hast du am Wochenende schon etwas vor?«

»Nein.«

»Gut. Wenn du möchtest, hole ich dich am Samstag um 15 Uhr bei dir zuhause ab. Mach dir aber keine Hoffnungen auf ein ›sündiges Wochenende‹. Wir werden uns sehr ausführlich unterhalten. Danach wirst du Stoff zum Nachdenken haben. Einverstanden?«

»Auf jeden Fall.«

»Wir sind gleich bei deiner Wohnung. Entspanne dich und ruh' dich aus. Morgen mußt du fit sein, damit wir in dem Mordfall weiterkommen.«

Kapitel 3

Technik und Medizin

(Freitag, morgens)

»Wie schafft ihr das nur, jeden Morgen so früh auf der Arbeit zu erscheinen?«

Kerber nippte an ihrer dritten Tasse Kaffee in nur 10 Minuten, auch wenn man ihr die Müdigkeit nicht ansah, die sie offenbar mit dem Koffein bekämpfen wollte.

»Könnte es an unserem soliden Lebenswandel liegen?«, überlegte Gödel mit einem schelmischen Lächeln.

Schneider schaute konzentriert auf seinen Notizblock und biß sich auf die Lippe. Es sah aus, als würde er sich einen frechen Kommentar mit Gewalt verkneifen.

»Solider Lebenswandel? Nein, das ist keine Alternative. Dann lieber drei Tassen Kaffee und ein erfrischender Besuch in der Pathologie.«

Mit diesen Worten verließ sie das Büro, um sich noch einmal mit Dr. Stein zu unterhalten. Schneider erzählte Gödel von seiner Überlegung, mögliche Zeugen per Rundfunkmeldung zu suchen.

»Prima Idee. Dann schreibe mal einen solchen Aufruf und lege ihn Schönfeld zur Genehmigung vor. Ich werde bei den Technikern der Spurensicherung vorbeischauen. Einige der Entlassenen sind E-Techniker. Eventuell ist einer von ihnen der Bastler der GPS-Tracker. Dazu muß ich aber mehr über diese Dinger wissen.«

* * *

Gödel betrat ein Büro, das eher wie die Abstellkammer eines Technikmuseums aussah. Ein schlaksiger, junger Mann schaute von seinem Computer auf und sah zu ihm hinüber.

»Ich suche Kriminalrat Petri«, wandte Gödel sich an ihn.

»Sie sind Herr Gödel?«, wollte der Schlaksige wissen.

»Genau. Ich habe mit Herrn Petri telefoniert.«

»Ich weiß. Das bin ich. Schnappen Sie sich einfach einen Stuhl und nehmen schon mal Platz. Ich bin sofort hier fertig.«

Gödel schaute den jungen Mann erstaunt an, dessen Dienstgrad er bis zur Pensionierung nicht erreichen würde.

»Lassen Sie sich nicht von dem Titel irritieren«, sagte Petri, ohne von seinem Rechner aufzublicken. »Ich habe Informatik mit Nebenfach Elektrotechnik studiert. Deshalb die andere Laufbahn.«

Schwungvoll schob er seine Tastatur weg und wandte sich Gödel zu, der sich einen Stuhl an die Seite des Schreibtischs herangezogen hatte. Er nahm einen der GPS-Tracker zur Hand.

»Sie wollen von mir wissen, was man braucht, um so ein Ding zu basteln? Entweder ein fundiertes Wissen über Elektronik, einen temperaturgeregelten Lötkolben und einige leicht zu beschaffende Bauteile – oder einen Internetzugang, etwas Geduld und 25 Euro. Ich habe ein bißchen im Internet recherchiert und bin auf jemanden gestoßen, der solche Dinger in einem Forum anbietet, in dem sich mißtrauische Ehefrauen darüber austauschen, wie sie die Treue ihres Mannes überprüfen können.«

»Wie heißt denn der Anbieter?«

»Registriert hat er sich als ›GPS-Freak‹, also nicht mit seinem richtigen Namen.«

»Und die Vorratsdatenspeicherung ist uns gerade verboten worden«, brummte Gödel ärgerlich.

»Lassen Sie sich von unseren Symbol-Politikern keinen Bären aufbinden. Die Vorratsdatenspeicherung haben wir noch nie gebraucht. Dieses dämliche Gesetz hat im Gegenteil etliche Kriminelle überhaupt erst darauf aufmerksam gemacht, wie leicht sie im Internet zu identifizieren sind. Bei der russischen Mafia laufen inzwischen Anonymisierungsdienste, die jede Vorratsdatenspeicherung ad absurdum führen. Das ist genau so ein Unsinn, wie diese Websperren gegen Kinderpornographie. Bringen tun die gar nichts, außer Wählerstimmen bei den über 60-Jährigen, die nichts vom Internet verstehen. Und sie treiben die Profite für die KiPo-Händler in die Höhe. Man könnte glauben, die würden diese

Sperr-Befürworter bezahlen. Sorry, aber bei diesem Politiker-Geschwätz bekomme ich immer Aggressionen. Machen Sie sich keine Sorgen, es ist überhaupt kein Problem, an den richtigen Namen des Anbieters heranzukommen. Schließlich möchte er ja etwas verkaufen. Ich habe mich schon mal als Irene Fleischer im Forum angemeldet und ihn gefragt, ob er noch GPS-Tracker verkauft.«

Gödel war erstaunt über den Temperamentsausbruch von Petri, allerdings auch darüber, wie sehr seine eigene Meinung zu diesem Thema offenbar an der Realität vorbeiging. Vielleicht sollte er sich intensiver mit dem Internet beschäftigen. Schließlich war er mit 57 Jahren noch nicht zu alt, um sich weiterzubilden. Zumal ihm sein Kollege erst gestern vorgeführt hatte, wieviel Lauferei man mit einer kurzen Recherche im Internet sparen konnte.

»Hat der Anbieter sich schon gemeldet?«

»Gerade, als Sie hereinkamen, schrieb er mir, wohin ich die 25 Euro überweisen soll. Sobald das Geld auf seinem Konto eingetroffen ist, will er mit dem Basteln beginnen.«

»Prima. Mit der Bankverbindung sollten wir problemlos seine Adresse herausbekommen können.«

»Parallel dazu frage ich beim Hoster des Forums an, uns einen Stand der Forumsinhalte zu sichern. Um diese Sicherung zu bekommen, brauchen Sie allerdings einen Beschlagnahmebeschluß. In der Sicherung können wir bei Bedarf nachschauen, mit wem der Anbieter Kontakt hatte. Aber vielleicht ist er ja auch kooperativ. Geben Sie mir bitte Bescheid, wenn Sie die Sicherung doch nicht brauchen. Der Hoster ist zwar sehr hilfsbereit, aber er möchte natürlich nicht endlos lange Plattenplatz für die Sicherung verschwenden.«

»Auf die Gefahr hin, mich als Laie zu outen: Was ist ein Hoster?«

»Das ist eine Firma, die Server, also Rechner, die ans Internet angeschlossen sind, für Internetauftritte wie Webseiten, Foren und solche Sachen bereitstellt.«

»Und ein Forum ist ...«

»So eine Art Diskussionsplattform, in der man sich öffentlich oder auch privat unterhalten kann.«

Der Experte zeigte Gödel, wie man sich in solch einem Forum bewegt, an Diskussionen teilnimmt und private Nachrichten an andere Teilnehmer schreibt. Sichtlich beeindruckt erhob Gödel sich.

»Können Sie feststellen, ob die GPS-Tracker aus unserem Mordfall von dem Anbieter stammen?«

»Wenn er die Bilder im Forum von selbst hergestellten Exemplaren gemacht hat, stammen sie mit an Sicherheit grenzender Wahrscheinlichkeit von ihm. Es wurden aber auch Fingerabdrücke an den Bauteilen gefunden. Sie sind zwar bisher nicht registriert, aber wenn Sie den Verdächtigen haben, sollte es möglich sein, sie ihm zuzuordnen.«

»Vielen Dank, Herr Petri. Das war eine wirklich interessante Unterhaltung. Und eine vielversprechende Spur.«

* * *

»Guten Tag, Herr Stein.«

»Herzlich willkommen, Frau Kerber. Was führt Sie in meine finsteren Katakomben?«

»Noch immer der Mordfall, an dem ich mitarbeite. Es gibt zwar zahlreiche, potentielle Verdächtige und mindestens ein gutes Motiv, so richtig weiter kommen wir aber trotzdem nicht. Deshalb wollte ich Sie fragen, ob Sie noch etwas Interessantes bei den Toten herausfinden konnten.«

»Dank Ihres Hinweises kann ich die Todesursache definitiv bestätigen. Der zweite Tote wurde gekreuzigt und starb daran. Der erste wurde zwar ebenfalls gekreuzigt, starb aber an einem Genickbruch. In Anbetracht der Umstände könnte es ein Akt der Gnade gewesen sein.«

Er blätterte in seinen Unterlagen.

»Interessant könnte für Sie sein, daß beide Opfer noch schwache Reste eines Abführmittels im Körper hatten. Wahrscheinlich hatte man es ihnen vorher verabreicht. Warum, kann ich Ihnen allerdings nicht sagen.«

»Vielleicht wollte der Täter keine Fäkalien an seinem Kreuz haben.«

»Ziemlich abgebrühte Vorstellung. Aber es paßt zu dem Splitter, den ich in einer der Fersen fand. Das Holz war mit einer Lasur behandelt. Und zwar mit einer, die man in Innenräumen verwendet. Der Splitter könnte von einer groben Holztäfelung, einer Holzwand oder etwas ähnlichem stammen. Wenn Sie mir das Holz besorgen, kann ich es auf Übereinstimmung prüfen.«

»Läßt sich bestimmen, welche Art Holz es war?«

»Jedenfalls kein Einheimisches. Vielleicht ein Tropenholz.«

»Demnach hat – oder zumindest hatte – der Täter Geld. Können Sie sagen, ob die Toten im Freien oder in einem Raum waren, als sie starben?«

»Mit hoher Wahrscheinlichkeit in einem Keller. Ich habe Spuren von Schimmelpilzsporen in den Lungen der beiden gefunden. Nur in sehr geringer Menge. Wahrscheinlich riecht man es dort nicht einmal. Aber beide hatten die gleiche Schimmelpilzmischung. Und die Verbreitung in den Lungen legt in Anbetracht der Todesart nahe, daß sie diese Luft bis zum Ableben eingeatmet haben.«

Dr. Stein schien einen Moment nachzudenken.

»Da ist noch etwas«, ergänzte er.

»Ja?«

»Also dieser Fall hat das Zeug, mir Albträume zu bereiten. Je mehr ich herausfinde, desto grausamer und perfider zeichnet sich das Ganze ab.«

Der Pathologe schien sich dagegen zu wehren, seine Entdeckung auszusprechen. So, als könnte er sie gleich wieder vergessen, wenn er sie verschweigt. Dann atmete er tief ein.

»Ich hatte ja schon herausgefunden, daß die Opfer nicht dehydriert waren. Zu römischen Zeiten gab man den Delinquenten, die zu dieser Todesart verurteilt worden waren, mit einem Schwamm zu trinken, damit sie nicht bereits nach drei Tagen verdursteten. Dazu mußte allerdings jemand bei ihnen bleiben. In Rom waren das Wachsoldaten. Bei unseren Opfern konnte ich jeweils auf einer Seite des Mundes an den Lippen Druckstellen erkennen. So, als hätten sie damit häufig gegen etwas gedrückt. Ich vermute, daß sie damit das Ventil einer Art Wasserspender betätigt haben. Der Mörder mußte alles vorbereitet haben, um ihnen einen möglichst qualvollen und langsamen Tod zu bereiten. Dann hat er sie wahrscheinlich alleine sterben lassen. Zumindest den Zweiten. Ich bin normalerweise nicht empfindlich. Aber dieser Mord ist das Grauenhafteste, was mir in meiner Laufbahn begegnet ist.«

»Ich weiß nicht, ob es Ihnen hilft«, sagte Kerber und legte ihm eine Hand auf die Schulter, »aber bisher haben alle Personen, die den zweiten Toten kannten, ihn als widerlichen Mistkerl beschrieben, der seine Mitmenschen aus purem Vergnügen schikanierte und demütigte.«

Dr. Stein nickte.

»Etwas hilft es. Trotzdem muß es ein schrecklicher Tod gewesen sein.«

»Eine Frage noch«, sagte Kerber, als sie bereits im Begriff war, die Pathologie zu verlassen. »Haben Sie irgendwelche Anzeichen gefunden, ob es sich um einen oder mehrere Täter gehandelt hat?«

»Nein, tut mir leid. Dazu gab es keinen Hinweis.«

»Vielen Dank.«

* * *

»Na, Markus, wieweit bist du mit dem Text?«, wollte Gödel wissen.

»Schönfeld hat ihn abgenickt. Der Aufruf ist bereits an die Rundfunkanstalten herausgegangen. Auch den Lieferwagen – Geölter Blitz, du erinnerst dich – habe ich noch mit hineingepackt. Diesen Paketdienst gibt es nämlich nicht.«

»Prima. Ich habe inzwischen die Adresse desjenigen, der mit hoher Wahrscheinlichkeit die GPS-Tracker gebaut hat. Und rate mal, auf welcher Liste ich ihn noch habe? Auf der der gefeuerten Mitarbeiter der I2-Bank. Wir werden ihm gleich einen Besuch abstatten. Einen Durchsuchungsbefehl habe ich schon mal besorgt.«

»Sollte er einen Keller mit Tropenholz-Täfelung haben«, warf Kerber ein, die gerade zur Tür hereinkam, »haben wir wahrscheinlich unseren Täter.«

Sie erzählte den beiden Kriminalern von den Erkenntnissen des Pathologen.

»Euern Herrn Stein hat diese Obduktion jedenfalls ziemlich mitgenommen«, schloß sie ihre Erzählung.

»Dann ist er ja vielleicht doch ein Mensch aus Fleisch und Blut«, mutmaßte Schneider mit einem dünnen Lächeln.

»Seine Bürde ist, daß er anhand der Untersuchungen eine ziemlich genaue Vorstellung davon bekommen hat, wie der Mord abgelaufen ist«, wandte Gödel ein. »Ich bin ganz froh, daß ich mir das nicht im Detail vorstellen muß.«

»Karlheinz hat recht«, stimmte Kerber zu. »Selbst der römische Schriftsteller Cicero, zu dessen Lebzeiten die Kreuzigung häufig bei entlaufenen Sklaven angewandt wurde, schrieb einmal, daß schon die Kenntnisnahme einer Kreuzigung den römischen Bürgern nicht zuzumuten sei.«

Für einen Moment herrschte betretenes Schweigen.

GPS-Freak

(Freitag, vormittags)

»Wenden wir uns wieder der Gegenwart zu«, ergriff Gödel das Wort. »Wir haben einen Verdächtigen und werden ihm jetzt einen Besuch abstatten. Mit dem Dienstwagen, auch wenn du dich schon an den Jaguar gewöhnt hast, Markus. Es könnte allerdings etwas eng werden. Insbesondere, falls wir auf dem Rückweg noch einen Tatverdächtigen im Wagen haben werden.«

»Wohin geht es denn?«, wollte Kerber wissen.

»Nach Gießen.«

»Dann kann ich doch mit meinem Wagen hinterherfahren.«

Gödel überlegte einen Moment. Dann grinste er.

»Gute Idee. Dann fährt Markus den Dienstwagen und ich fahre bei dir mit, Diana. Natürlich nur, wenn du nichts dagegen hast.«

»Von mir aus gerne.«

Schneider zog eine Grimasse, zuckte dann aber mit den Schultern und schnappte sich den Schlüssel des Dienstwagens.

»Fahr nicht so schnell, Diana. Du hast schließlich einen betagten Mitfahrer im Auto«, stichelte er und spurtete aus dem Büro.

»Lausbub!«, rief Gödel ihm hinterher.

»Diese Frotzeleien«, erklärte er Kerber, »sind so eine Art ›running gag‹ bei uns.«

»Das dachte ich mir schon. Wie alt bist du eigentlich? Bei Männern darf man das doch fragen, oder?«

»57. In sechs Jahren gehe ich in Pension, falls mich nicht vorher irgend ein Irrer erschießt.«

»Lebt ihr wirklich so gefährlich? Ich dachte, Schießereien gäbe es nur in amerikanischen Krimi-Serien.«

Zwischenzeitlich waren sie an Kerbers Jaguar angekommen und stiegen ein. Schneider hatte den LKA-Parkplatz mit dem Dienstwagen bereits verlassen.

»Das war nur ein Scherz. Ich bin bisher nur zweimal beschossen worden. Und das ist schon viele Jahre her. Wenn es heutzutage brenzlig wird, rufen wir das SEK und kommen erst wieder aus der Deckung, wenn der Täter überwältigt ist. Wir schießen höchstens noch auf dem Schießstand.«

»Bewaffnet seid ihr aber noch?«

»Ja, daran hat sich nichts geändert. Vor allem zum Selbstschutz. Aber bei Schießereien kommen die gepanzerten Jungs vom SEK oder vom MEK zum Einsatz.«

»MEK?«

»Mobiles Einsatzkommando. Die kümmern sich um bewegliche Einsatzziele, z. B. bewaffnete Bankräuber mit Geiseln, die im Auto flüchten. Das SEK, also das Sondereinsatzkommando, ist für stationäre Einsätze da. In beiden Einheiten sind durchtrainierte, harte Typen, die aufs Kämpfen mit und ohne Waffen trainiert sind. Nicht klapprige Senioren wie ich.«

»Jetzt betreibst du aber ›fishing for compliments‹, Karlheinz. Auf mich wirkst du jedenfalls nicht klapprig.«

Grinsend schaute er zu ihr hinüber. Ehrfurchtsvoll fuhr er mit der Hand über die Holztäfelung im Wagen.

»Ein wirklich edles Fahrzeug. Ziemlich teuer, oder?«

»Na ja, vom Wühltisch ist es nicht.«

Schweigend fuhren sie auf der Autobahn Richtung Gießen. Gödel genoß die Fahrt sichtlich.

»Diana«, fragte er nach einiger Zeit, »kann ich dich etwas zu deinem Hauptberuf fragen? Oder möchtest du lieber nicht darüber sprechen?«

»Fragen kannst du gerne. Wenn ich nicht darüber sprechen möchte, sage ich es dir schon. Was möchtest du denn wissen?«

»Stimmt es eigentlich, daß die Kunden von Dominas alle dekadente Manager sind, die es als Ausgleich brauchen, selbst mal unterdrückt zu werden?«

Kerber lachte.

»Nein, das ist Blödsinn, auch wenn es von manchen Medien immer wieder behauptet wird. Tatsächlich kommen zwar zu Dominas überwiegend gut situierte Männer. Das liegt aber schlicht an den Preisen für diese Dienstleistung. In der nicht-kommerziellen SM-Szene, in der ich mich auch gelegentlich herumtreibe, gibt es den normalen Bevölkerungsdurchschnitt. Sowohl bei den aktiven, als auch bei den passiven SMern. Der kommerzielle Bereich ist da nicht repräsentativ. Aber die Kunden sind auch dort sehr unterschiedlich. Manche sind im normalen Leben selbstbewußt und bestimmend, andere überhaupt nicht. Und es geht auch quer durch alle Berufe, solange genug Geld damit verdient wird.«

»Irgendwie schwer vorstellbar, das alles.«

»Das macht nichts. Ich will dich nicht missionieren. Entweder man hat diese Neigung oder eben nicht. Wenn du nichts damit anfangen kannst, ist das für mich völlig in Ordnung. Es würde mich allerdings freuen, wenn es umgekehrt für dich genauso in Ordnung wäre, daß andere diese Neigung haben und einvernehmlich miteinander ausleben.«

»Na ja, solange ich nicht mitmachen muß ...«

»Das ist genau der entscheidende Punkt. Niemand muß mitmachen, wenn er nicht will.«

»Darauf können wir uns einigen.«

»Mal was ganz anderes«, sagte er nach einer kleinen Pause, »Hast du schon eine Idee, mit welcher Art Täter wir es zu tun haben?«

»Es gibt für mich einige Widersprüche in den beiden Morden. Das macht es schwierig. Beide Opfer wurden wahrscheinlich vorher gefoltert. Warum? War es eine zusätzliche Bestrafung? Oder sollte etwas – zum Beispiel die Kontonummern – herausgefunden werden? Beide Männer wurden für einen grausamen Tod vorbereitet. Aber nur einer starb tatsächlich so. Ist der andere ›begnadigt‹ worden? Oder ging etwas schief? Drei Leute sind gleichzeitig verschwunden. Aber nur zwei Tote sind aufgetaucht. Was ist mit dem dritten Opfer? Dauert bei ihm der Tod nur länger? Oder hat es mit ihm etwas anderes auf sich? Warum wurden die beiden ersten Opfer so abgelegt, daß sie garantiert gefunden wurden? Andererseits, warum wurden sie dazu aufgehängt? Wenn der Täter seine Tat öffentlich machen wollte, warum wurde dann die tatsächliche Todesursache verschleiert? Wie kam der Täter auf die altertümliche Hinrichtungsmethode?«

Sie machte eine Pause.

»Eine religiöse Symbolik können wir sehr wahrscheinlich ausschließen. Hätte sich der Täter auf die Kreuzigung Jesu beziehen wollen, wären die Opfer angenagelt gewesen. Ein christlicher Fanatiker hätte nie die Kreuzigung als Todesart für seine Opfer gewählt, weil er damit seinen Glauben schänden würde. Ein fanatischer Hasser des Christentums hätte die Todesart offensichtlich gemacht, wenn sie für ihn überhaupt einen Sinn ergeben hätte. Nein, ich bin mir sicher, religiös ist die Tat bzw. die Todesart nicht motiviert. – Wahrscheinlicher ist Haß auf die Opfer. Auf das eine Opfer aber offenbar mehr als auf das andere. Warum? Wenn die Kündigungen das Motiv sind, müßten beide Ziel des Hasses sein. Wenn es ein anderes Motiv ist, warum dann genau diese Opfer?

Das ist wie bei einem Puzzle, bei dem noch einige entscheidenden Steine fehlen.«

Gödel schrieb ihre Überlegungen mit.

»Der Täter ist sehr rational und planmäßig vorgegangen. Sogar an die Versorgung seiner Opfer mit Trinkwasser hat er gedacht. Die Tat war gut vorbereitet und ist – nach unseren bisherigen Erkenntnissen – fehlerfrei verlaufen. Der Täter ist wahrscheinlich überdurchschnittlich intelligent und nervenstark. Er handelt mit kühlem Kopf. Kühler Kopf und Haß passen allerdings nicht sonderlich gut zusammen. Auch die grausame Todesart paßt nicht gut zu einem rational handelnden Menschen.«

»Es heißt doch, Rache sei ein Gericht, das man am besten kalt genießt.«

»Stimmt schon. Aber eine Rache, die sich aus Sicht des Täters über Tage hinweg vergleichsweise langweilig gestaltet? Zumal er ja offenbar nur sporadisch nachgeschaut hat, ob seine Opfer bereits tot sind? Irgend etwas fehlt uns noch. Ich weiß nur nicht, was.«

Kurze Zeit später erreichten sie die Ausfahrt Gießen und steuerten die Adresse des Verdächtigen an, ein unscheinbares Reihenhaus. Schneider wartete bereits am Dienstwagen. Gemeinsam mit den beiden anderen ging er zur Haustür und klingelte. Drinnen war nichts zu hören und es machte auch niemand auf.

»Sollen wir die Tür mit Gewalt öffnen?«, fragte Schneider. »Schließlich haben wir einen Durchsuchungsbefehl.«

Ein alter Ford Fiesta hielt vor dem Reihenhaus. Der Fahrer musterte sie mißtrauisch, ließ dann den Motor aufheulen und raste davon.

»Könnte das unser Verdächtiger gewesen sein?«, wollte Kerber wissen. Schneider rannte bereits zum Dienstwagen. Gödel warf ihr den Durchsuchungsbefehl zu und lief ebenfalls zum Wagen.

»Wir schicken dir zwei Uniformierte von der nächsten Polizeiwache her«, rief er ihr aus dem Wagen zu. »Mit denen kannst du die Durchsuchung durchführen. Wenn es komplizierter wird, sollen sie die Spurensicherung rufen.«

Mit quietschenden Reifen jagten sie los. Kerber ging zu ihrem Jaguar zurück und wartete.

Zehn Minuten später erschien ein Streifenwagen in der Straße und hielt vor dem Haus an. Kerber schlenderte zu dem Polizeiauto hinüber.

»Wurden Sie von Kriminalhauptkommissar Gödel für die Durchsuchung angefordert?«

»Ja. Und Sie sind Dr. Kerber, nehme ich an.«

»So ist es. Hier ist der Durchsuchungsbefehl.«

»Die Spurensicherung ist auch schon angefordert worden, dürfte aber erst in einer halben Stunde hier eintreffen. Der Hauptkommissar meinte, wir sollten in jedem Fall schon mal hineingehen, da möglicherweise das dritte Opfer im Haus ist und vielleicht noch lebt.«

Mit einer Sperrpistole öffnete einer der beiden Polizisten das Schloß der Haustür. Sie traten ein.

»Wenn das dritte Opfer hier sein sollte, befindet es sich wahrscheinlich im Keller«, erklärte Kerber den Beamten.

Die Kellertreppe war leicht zu finden. Einer der Polizisten begleitete Kerber, während der andere den Rest des Hauses durchsuchte.

»Riecht komisch hier«, meinte der Uniformierte zu Kerber.

»Muffig. Vielleicht schimmelig.«

Die Kellertreppe führte in die Mitte eines Ganges mit vier Türen. Eine Tür führte zu einem schmalen Raum mit Sicherungen, sowie Strom- und Gaszählern. Der zweite Raum enthielt allerlei Gerümpel, wie ein altes Fahrrad, Besen, Schneeschaufeln und ähnliches Zeug, sowie eine Kühltruhe. Die letzten beiden Türen hatten Sicherheitsschlösser und waren abgeschlossen. Aus einem der beiden abgeschlossenen Räume drang ein undefinierbares Geräusch. Der Polizist und Kerber schauten sich kurz fragend an. Dann öffnete der Beamte die Tür und stürmte hinein.

Die Geräusche kamen von einem leise blubbernden Heizkessel, der den ganzen Raum einnahm. Sicherheitshalber leuchtete der

Polizist mit seiner Taschenlampe durch eine dicke Scheibe im Kessel. Es war allerdings nur klares Wasser zu erkennen. Schulterzuckend wandten er und Kerber sich dem zweiten, abgeschlossenen Raum zu. Der Polizist brauchte nicht lange, um auch dessen Schloß zu öffnen. An einer Seite war eine Werkbank mit allerlei Werkzeugen angebracht. Auch mehrere Lötkolben und elektronische Bauteile waren zu sehen. Die gegenüberliegende Wand war komplett mit Holz verkleidet. Eine Reihe von Haken ragte unterhalb der Decke aus der Wand. Mehrere schwere Bohrmaschinen hingen daran. An einer Stelle war die Wand mit einer nicht auf Anhieb definierbaren Flüssigkeit verschmiert.

»Das ist jetzt wohl ein Fall für die Spurensicherung«, sagte Kerber. »Die Morde könnten hier stattgefunden haben. Vielleicht sollten wir sicherheitshalber einen Blick in die Kühltruhe werfen.«

Die Kühltruhe enthielt viele Fleischstücke undefinierbarer Herkunft. Die meisten waren noch nicht durchgefroren. Und ihre Verpackungen stammten definitiv nicht aus einem Supermarkt.

»Ich hoffe«, sagte der Polizist, »das ist nicht, wonach es aussieht.«

»Ich auch«, pflichtete Kerber ihm bei. Sie griff zu ihrem Handy. »Mal hören, was sich bei den beiden Kriminalern ergeben hat.«

Das Verhör

(Freitag, mittags)

»Hallo? Diana? Ja, wir haben ihn inzwischen. Du hast eine rasante Verfolgungsjagd verpaßt. Wir haben das MEK eingeschaltet, die ihn stoppen und verhaften konnten. Wir sind gerade auf dem Rückweg ins LKA, um ihn zu verhören. Habt ihr was im Haus gefunden? ... Einen Raum mit Holzverkleidung? ... Und mit Haken an der Decke? ... Ja, auch das Fleisch klingt verdächtig. Und was ist mit Elektronik? ... Na wunderbar. Wäre ja nicht schlecht, wenn wir diesen Fall noch vor dem Wochenende aufgeklärt hätten. Kommst du zum Verhör dazu? Die Spurensicherung wird den Rest ohnehin lieber alleine machen. ... Prima. Wir treffen uns dann im LKA.«

Gödel erzählte Schneider, was im Haus entdeckt worden war.

»Dann haben wir ihn wohl. Komisch, bei der Verhaftung kam er mir gar nicht so gefährlich vor.«

»Wenn man den Leuten ansehen könnte, ob sie Verbrecher sind oder nicht, bräuchte man uns nicht mehr.«

* * *

Gödel legte ein Diktiergerät auf den Tisch und schaltete es ein.

»Sie sind Wolfgang Kramer, richtig?«

»Nein, ich bin Donald Duck. Sieht man doch. – Ja, natürlich bin ich Wolfgang Kramer. Was wollen Sie eigentlich von mir. Mich auf der Autobahn wie einen Terroristen verhaften. Ich hätte fast einen Herzkasper bekommen.«

»Warum sind Sie geflohen, als Sie uns sahen?«

»Na warum wohl? Damit Sie mir die Urkunde nicht zustellen können. Ich hätte allerdings nicht erwartet, daß Sie gleich eine Anti-Terror-Einheit mobilisieren.«

»Von was für einer Urkunde reden Sie?«

»Wie? Ging es nicht um die Pfändung? Was wollen Sie dann von mir?«

»Was ist das in Ihrer Kühltruhe?«, schaltete Schneider sich ein.

»Wovon reden Sie eigentlich? Was geht Sie meine Kühltruhe an? Gibt's hier irgendwo eine versteckte Kamera? Komme ich ins Fernsehen? Dann reden wir erst mal über mein Honorar.«

»Was ist in Ihrer Kühltruhe?«, wiederholte Schneider seine Frage unbeirrt.

»Schauen Sie doch selbst nach.«

»Das haben wir«, antwortete Gödel. »Woher stammt der Inhalt?«

Kramer lehnte sich zurück und schaute sie trotzig an.

»Welcher von Ihnen ist jetzt der gute und welcher der böse Polizist?«

»Die beiden«, mischte Kerber sich mit sanfter Stimme ein, »sind die guten Polizisten.«

»Und Sie?«

Kerber lächelte ihn nur an.

Der Verdächtige wurde erkennbar nervös und schaute unruhig zwischen Gödel, Schneider und Kerber hin und her.

»Verdammt noch mal! Was wollen Sie eigentlich von mir?«

»Antworten«, sagte Kerber wieder mit sanfter Stimme. »Einfach nur Antworten. Wofür haben Sie beispielsweise Ihre Werkstatt im Keller in letzter Zeit benutzt?«

»Zum Klavierspielen.«

»Okay«, kam es von Gödel, »das reicht jetzt. Glauben Sie etwa, wir haben Sie hierhergeholt, um ihr Talent als Witzbold zu genießen? Es geht hier um einen Doppelmord. Und zwar um einen besonders fiesen.«

Irritiert schaute Kramer ihn an.

»Mord? Wer zum Teufel soll denn ermordet worden sein?«

»Kennen Sie Udo Weber? Oder Thomas Glück?«

»Ja, leider. Sind die etwa ermordet worden? Na, dann hat es wenigstens keinen Falschen getroffen.«

»Wo waren Sie die letzten beiden Nächte?«

»Zuhause. Glauben Sie, ich hätte die beiden ermordet? Wie kommen Sie denn gerade auf mich?«

»Sie haben ein Motiv. Oder wie würden Sie Ihre Aussage von gerade eben deuten?«

»Jeder, der mit diesen beiden Arschlöchern zu tun hatte, dürfte das gleiche Motiv haben.«

»Ihre Fingerabdrücke wurden an den Tatorten gefunden.«

»Was?!?«

»Auf diesen kleinen Geräten«, sekundierte Schneider und legte einen der GPS-Tracker auf den Tisch.

»Ach so«, sagte Kramer sichtbar erleichtert. »Die Dinger verkaufe ich über das Internet.«

»Oder Sie benutzen sie, um herauszufinden, wo ihre Opfer wohnen«, unterstellte Gödel. »Von wem stammt das Fleisch in ihrer Kühltruhe?«

»Sie glauben doch nicht ... Mein Gott, Sie glauben, das sei Menschenfleisch? Ein Arbeitskollege aus meinem neuen Job hat einen

Bauernhof. Letzte Woche hatte er ein Schwein geschlachtet. Davon ist das Fleisch in der Kühltruhe.«

»Das werden unsere Spezialisten in Kürze herausfinden. Wem haben Sie Ihre GPS-Tracker verkauft?«

»Allen möglichen Leuten. Besonders in den Foren für betrogene Ehepartner konnte ich das Zeug loswerden. In meinem neuen Job als Lagerarbeiter in einem Versandhandelsunternehmen verdiene ich nicht besonders gut. Eine Schande, daß man als Elektro-Ingenieur heutzutage nichts Gescheites mehr findet, wenn man erst mal über 47 Jahre alt ist. Jedenfalls läuft das Geschäft mit den GPS-Trackern seit Anfang des Jahres recht gut.«

»Und wer waren die Käufer? Sie haben doch bestimmt eine Kundenliste. Schließlich müssen sie die Dinger doch verschicken. Und bezahlt werden wollen Sie schließlich auch.«

»Die Bezahlung lief per Vorkasse oder bei Selbstabholern auch bar. Da die meisten meiner Kunden nicht wollten, daß ihre Ehepartner etwas mitbekamen, gingen die Briefe mit den Trackern häufig an Postlager-Adressen. Da ich im Voraus bezahlt wurde, war das für mich kein Problem.«

»Haben Sie diese Adressen noch?«

»Ja, auf meinem Computer, wenn Sie den nicht zwischenzeitlich gesprengt haben.«

Schneiders Mobiltelefon vibrierte leise. Er nahm ab, meldete sich und hörte zu. Sein Gesicht verfinsterte sich.

»Die Holzwand ist aus Eiche, nicht aus Tropenholz«, informierte er Gödel und Kerber. »Die Flüssigkeit an der Wand ist Maschinen-öl, wohl von einer der Bohrmaschinen und in der Truhe ist tatsächlich Schweinefleisch.«

»Hört sich an, als sei ich nicht mehr verdächtig. Kann ich dann jetzt gehen?«, wollte Kramer wissen.

»Noch nicht«, meinte Gödel resigniert. »Wir wollen noch alles über die Kunden wissen, die Ihre GPS-Tracker gekauft haben.«

»Normalerweise haben Sie die doch sicher einzeln verkauft«, schaltete Kerber sich ein.

»Ja. Genaugenommen sogar fast immer. Nur einmal wollte jemand drei Geräte kaufen, ein Selbstabholer. Komischerweise wollte der keine Geräte zum Auslesen haben, sondern nur die Tracker selbst.«

»Geräte zum Auslesen?«

»Ja, die GPS-Tracker speichern ihre Position jeweils mit Zeitangabe jede Minute, sobald sich die Position ändert. Das Auslesen erfolgt über Bluetooth, einen Kurzstreckenfunk. Das kann man mit einem Notebook mit Bluetooth-Empfänger machen. Dann muß man allerdings selbst die GPS-Positionen in Punkte auf einer Karte umrechnen. Meine Kunden sind normalerweise zu blöd dafür. Eifersüchtige Hausfrauen halt. Deshalb habe ich kleine Zusatzgeräte verkauft, die diese Daten per Bluetooth empfangen und per USB-Stecker an einen PC angeschlossen werden können. Auf dem Gerät ist außerdem eine Software, die die gespeicherten GPS-Positionen per Google-Earth anzeigt.«

»Was zum Teufel ist Google-Earth?«, wollte Gödel wissen.

»Eine Art Globus im Internet«, antwortete Schneider, bevor der Verdächtige etwas dazu sagen konnte. »Damit kann man auf Satellitenbildern fast jeden Ort der Erde sehen und teilweise bis auf Hausansichten hineinzoomen.«

»Und dieses Zusatzgerät wollte der Kunde nicht haben, der die drei GPS-Tracker gekauft hat?«, nahm Kerber die ursprüngliche Frage wieder auf.

»Genau«, antwortete Kramer, »normalerweise verkaufe ich die immer paarweise.«

»Wie sah der Käufer aus? Sie sagten, es sei ein Selbstabholer gewesen.«

»Jetzt, wo sie fragen, kommt es mir auch komisch vor. Es war eigentlich eine Frau. Oder vielleicht auch ein Mann, der sich als Frau ausgegeben hat. Irgendwie orientalisch. Nicht direkt vermummt, aber mit einem Kopftuch, das Fransen hatte. Hat für mich ausgesehen, als habe sie einen dünnen Teppich auf dem Kopf. Dann drei rote Punkte auf der Stirn, total grell geschminkt und bunte, völlig wirr zusammengestellte Kleidung. Ich habe noch gedacht, daß ich den Mann verstehen kann, der bei dieser Frau fremdgeht. Sie sagte, die Geräte seien für Freundinnen von ihr. Na ja, das Geld hat gestimmt. Der Rest ist nicht meine Angelegenheit.«

»Wie groß war sie? War sie dick oder dünn? Welche Haarfarbe hatte sie?«

»Keine Ahnung. Irgendwie normal. Mir ist nur diese verrückte Gesamterscheinung in Erinnerung geblieben.«

»Wie war die Stimme? Hat die Frau mit Akzent geredet?«

»Ich glaube, die Stimme war verstellt. Irgendwie zu schrill. So, wie wenn Männer versuchen, Frauenstimmen nachzumachen. Gesprochen hat sie einen deutsch-englischen Kauderwelsch. Aber es war irgendwie verständlich.«

»Die Anbahnung des Verkaufs erfolgte doch über das Internet?«, wollte Schneider wissen.

»Ja klar. Ich schalte schließlich keine Anzeigen in Zeitungen.«

»Gut. In welchem Forum war das?«

»Das weiß ich nicht auswendig. Da muß ich erst in allen nachschauen. Normalerweise lösche ich die Forumsnachrichten erst, wenn der Platz knapp wird.«

»Sagen Sie mir einfach alle Foren, über die Sie kontaktiert werden.«

Kramer nannte sie ihm und Schneider schrieb sie mit.

»Ich besorge mal einen Beschlagnahmebeschluß«, sagte er und verließ den Verhörraum.

»Kann ich dann wieder zurück in mein Haus? Eigentlich muß ich seit einer Stunde wieder auf der Arbeit sein. Meine Mittagspause haben Sie mir auch geklaut.«

»Ich schreibe Ihnen einen Zettel, daß Sie dringend als Zeuge in einem Mordfall benötigt wurden. Ach ja, den Einsatz des Sonderkommandos werden Sie bezahlen müssen. Schließlich sind Sie vor uns geflohen. Wenn Sie damit einverstanden sind, uns Ihren Computer für unsere Ermittlungen bis zu zwei Wochen zur Verfügung zu stellen, nehme ich das Sonderkommando auf unsere Kappe.«

Einen Moment schaute Kramer ihn unschlüssig an. Dann nickte er zähneknirschend.

»Aber nicht länger als zwei Wochen.«

»Gut, unterschreiben Sie bitte hier. Ihren Wagen geben wir gleich frei. Sie können dann damit zurückfahren. Und wenn Sie noch fünf Minuten warten, schreibe ich Ihnen den Zettel mit der Zeugenvernehmung für Ihren Arbeitgeber.«

»Das war ja ein ziemlicher Schuß in den Ofen«, meinte Kerber, nachdem Kramer das LKA verlassen hatte.

»Wie man es nimmt«, relativierte Schneider. »Wir haben eine vage Spur. Vielleicht können unsere Computerforensiker herausfinden, wer die geheimnisvolle Frau war, die die drei GPS-Tracker bestellt hatte. Oder der Mann, der sich als Frau ausgegeben hat.«

»Komisch. Bei der Entführung des ersten Opfers hatte der Täter sich als grell gekleideter Paketbote verkleidet, dieses Mal als Orientalin mit Geschmacksverirrung. Diese Verkleidungen sind raffiniert. Sie sind so auffällig, daß die Zeugen sich nur das merken, was man leicht verändern kann.«

»Das paßt zu deiner Einschätzung, Diana, daß der Täter wahrscheinlich hoch intelligent ist«, überlegte Gödel.

»Wollen wir hoffen, daß er oder sie nichts von Computern oder der Rückverfolgbarkeit im Netz versteht. Sonst ist diese Spur eine Sackgasse.«

Gemeinsam gingen sie in die Kantine des LKA und aßen schweigend ihr Mittagessen. Die Enttäuschung über die falsche Spur war ihnen anzusehen.

Die Werbeagentur

(Freitag, nachmittags)

Als sie wieder im Büro waren, klingelte Schneiders Telefon. Er ging dran und meldete sich.

»Herr Petri? Das ging aber schnell. ... Ja, genau, eine Bestellung für drei Tracker. ... Oh. Das ist schade. ... Ja, das wäre nett. Vielleicht hilft uns das weiter. Danke.«

Nachdem er aufgelegt hatte, wandte er sich mit enttäuschtem Gesicht an die anderen.

»Die Spur mit den drei GPS-Trackern führt wohl auch ins Leere. Die IP-Adresse des Absenders kam aus einem Internet-Café. Wir können natürlich auch mal dort nachfragen, ob denen etwas aufgefallen ist. Aber die Bestellung war schon vor vier Wochen. Es würde mich wundern, wenn sich da noch jemand erinnert.«

»Ist der Aufruf wegen Zeugen schon im Radio gesendet worden?«, wollte Kerber wissen.

»Müßte er eigentlich«, murmelte Schneider und fragte seine EMails ab. »Ja, er wurde schon gesendet und wird noch einige Male wiederholt. Es gibt sogar schon zwei Reaktionen. Ein vorbeifahrender LKW-Fahrer hat Mittwoch gegen drei Uhr einen Lieferwagen auf der Standspur bei der Ausfahrt Zeppelinheim gesehen. Weiß, mit irgend einer bunten Aufschrift.«

»Könnte die Aufschrift ›Geölter Blitz‹ gewesen sein?«

»Laut Zeugenaufnahme konnte der Fahrer die Schrift nicht lesen. Aber so etwas wie ein Blitz scheint auch abgebildet gewesen zu sein. Auf das Kennzeichen hat er natürlich nicht geachtet. Mehr ist ihm nicht aufgefallen.«

Gödel kramte in seinen Notizen.

»Wieso ein weißer Lieferwagen? Die Nachbarin unseres ersten Opfers hat von einem blauen Wagen geredet.«

Von Schneider kam nur ein Schulterzucken.

»Und die zweite Reaktion?«

»Ein Hersteller für Fahrzeugbeschriftungen hat sich gemeldet. Bei ihm wurde ein Foliensatz mit Schriftzug und gelbem Blitz bestellt.«

»Foliensatz?«, fragte Kerber irritiert.

»Irgend etwas zum Bekleben eines Fahrzeugs. Wir können uns das ja mal näher erklären lassen. Die Firma hat ihren Sitz in Offenbach.«

»Du willst bloß wieder mit dem Jaguar mitfahren«, frotzelte Gödel. »Ruf doch einfach mal an.«

»Spielverderber«, konterte Schneider und griff zum Telefon, während Gödel und Kerber sich einen Kaffee holten. Auch für Schneider brachten sie einen Becher mit.

* * *

»Und?«, wollte Gödel wissen, als er Schneiders Becher auf dessen Schreibtisch abstellte. »Was hat es mit diesen Folien auf sich?«

»Die Firma schneidet Formen und Schriftzüge aus bunten Folien und klebt sie auf eine weitere. Diese wird nur noch auf ein frisch gewaschenes Auto gelegt und haftet von alleine, auch bei Geschwindigkeiten bis 150 km/h. Normalerweise stellen die Leute Werbefolien für Busse, Taxen oder Straßenbahnen her. Vor etwa vier Wochen bekamen sie einen Kleinauftrag von einer Werbeagentur. Walluf und Partner heißt sie. Es ging nur um ein Folienpaar für zwei Seiten eines Lieferwagens. Da die Folien großflächig waren, mußten sie wissen, für welches Fahrzeugmodell die Folien gebraucht wurden. Es war für einen silberfarbenen Mercedes Sprinter, älteres Modell. Die Grundfarbe brauchten sie, damit die Folienfarbe richtig wirkte. Die genaue Modellbezeichnung habe ich aufgeschrieben. Die Folien gingen über beide Seiten einschließlich der Türen und über die Motorhaube.«

»Das heißt, die konnten die Türen nicht öffnen?«

»Doch, doch. Es sind jeweils Folien für die Türen, die Motorhaube und die anderen Teile der Seite. Nur für die Hecktüren wurde keine Folie bestellt.«

»Die blieben also silbern.«

»Oder weiß, wie der LKW-Fahrer gesagt hat«, warf Kerber ein.

»Silbern oder weiß ist nachts schlecht zu unterscheiden. Wir suchen also einen blauen Sprinter mit gelbem Blitz und silbernem oder weißem Heck.«

»Schön wär's«, wandte Schneider ein. »Die Folien lassen sich nämlich problemlos wieder entfernen oder erneut auflegen. Es kann also auch ein einfarbig weißer oder silberner Sprinter sein. Und davon gibt es eine ganze Menge.«

»Die Werbeagentur sollte doch wissen, für wen sie das bestellt haben.«

»Stimmt, Diana. Und die haben ihren Sitz praktischerweise hier in Wiesbaden.«

»Na gut, dann besucht ihr die Werbeagentur und ich erkundige mich mal, was die Jungs vom Wirtschaftsdezernat über unsere I2-Bank herausgefunden haben.«

»Schönen Gruß auch an die Mädels von der Steuerfahndung«, feixte Schneider.

* * *

Eine etwa 35 Jahre alte Frau öffnete ihnen bei der Werbeagentur die Tür. Schneider wies sich aus.

»Kriminalpolizei? Was verschafft uns denn diese Ehre?«

»Wir möchten gerne mit Herrn Walluf sprechen«, sagte Schneider.

»Einen Herrn Walluf gibt es hier nicht, Herr ›Kriminalkommissar Schneider‹. Aber Sie können sich gerne mit mir unterhalten. Martina Walluf. Mir gehört diese Agentur. Und Sie sind?«

»Diana Kerber. Guten Tag.«

»Kein Dienstausweis? Keine Frau Kriminal-Dingsda?«

»Weder, noch. Stört Sie das?«

»Nur, wenn Sie vom Finanzamt sind. Wir hatten nämlich gerade erst eine Steuerprüfung. Nicht gerade eine Maßnahme zur Steigerung der Kreativität, wenn Sie verstehen, was ich meine.«

»Keine Sorge«, mischte Schneider sich ein, »wir sind nicht in einer Steuersache hier. Frau Dr. Kerber berät uns in einer Mordsache.«

»Mord? Ich hoffe, das Opfer ist keiner unserer Kunden. Tote Kunden sind ausgesprochen unzuverlässige Zahler.«

»Wir haben eher Grund zu der Annahme, daß eine Verbindung zwischen Ihrer Agentur und dem Täter besteht.«

»Also bei uns hat niemand einen werbewirksamen Mord in Auftrag gegeben, Herr Kommissar«, entgegnete Frau Walluf grinsend.

»Schade«, entgegnete Kerber mit einem dünnen Lächeln, »das hätte uns die Arbeit wesentlich erleichtert.«

»Sie haben eine Autobeschriftung in Auftrag gegeben. Blauer Grund, gelber Blitz und die Aufschrift ›Geölter Blitz‹.«

»Ja, ich erinnere mich. Ein bescheuerter Auftrag. Wir sollten ein Symbol für einen Kurierdienst entwerfen, möglichst auffällig, gar nicht seriös und mit riesiger Schrift. Für einen Kurierdienst ist Seriosität normalerweise wichtig, da die Kunden ihnen schließlich Werte anvertrauen. In diesem Fall sollte es dagegen etwas sein, das sich möglichst stark im Gedächtnis festbiß, egal, welche Wirkung es dabei hinterließ. Tja, der Kunde ist König. Und wenn er so genau weiß, was er will, dann bekommt er es auch. Ich habe den Kunden allerdings gebeten, nicht zu erzählen, von welcher Agentur der Entwurf stammt. Wie gesagt, ich fand die Vorgabe unsinnig, auch wenn das Ergebnis genau zur Vorgabe paßte.«

»Kam Ihnen das nicht seltsam vor?«

»Doch, natürlich. Aber manchmal beauftragen Firmen etwas für eine Werbeaktion, das ihrem eigenen Auftritt komplett entgegensteht. Kennen Sie diese Werbung der Sparkassen, in der eine 08/15-Bank auftritt und eine ziemlich schlechte Figur macht? Ich habe vermutet, daß ein anderer Kurierdienst dahintersteckt, der sich von einer fiktiven Konkurrenz abheben will.«

»Sie müssen aber doch wissen, wer der Kunde war.«

»In diesem Fall leider nicht. Normalerweise haben wir Firmenkunden. Hier trat allerdings eine Privatperson auf. Sie hatte eine Visitenkarte, auf der eine Adresse und eine Mobilnummer war. Keine Firma. Deswegen ging ich davon aus, daß diese Werbeaktion ein Überraschungsknaller werden sollte. Sonst betreibt man nicht so viel Geheimniskrämerei. Möglicherweise war der Auftraggeber eine andere Werbeagentur, die bei uns nur die Requisiten für ihren Spot geordert hat.«

»Haben Sie die Visitenkarte noch?«

Frau Walluf ging an einen Schrank mit Hängeregister und holte eine Aktentasche heraus. Ihr entnahm die Agenturchefin die Visitenkarte und reichte sie Schneider, der ihr eine kleine Plastiktüte hinhielt.

»Johanna Glück«, murmelte Schneider. »Die Adresse stimmt mit der unseres ersten Opfers überein.«

»Ich habe geprüft, ob es die Adresse wirklich gibt«, warf die Agentur-Chefin ein.

»Haben Sie die Folien dorthin geschickt?«

»Nein, sie wurden von der Kundin persönlich abgeholt. Bezahlt hatte sie die Folien schon vorher. In bar.«

»Wie sah sie denn aus?«

»Bescheuert. Etwa so, wie man sich eine verknöcherte, alte Sekretärin vorstellt. Grauer Schlabberpulli, graue, weite Hose, blasses Gesicht mit Altersflecken, graue Haare, flache Schuhe und eine altmodische Brille mit Gläsern, die auch locker als Glasbausteine hätten verwendet werden können.«

»Also starke Gläser?«

»Stark ist gar kein Ausdruck. Regelrechte Glupsch-Augen hatte sie durch diese Dinger. Zum Kindererschrecken. Es gibt doch schließlich Kontaktlinsen. Niemand muß mehr mit solchen, entstellenden Brillen herumlaufen.«

»Hatten Sie den Eindruck, daß sie durch die Brille gut sehen konnte?«

»Gut ist vielleicht übertrieben. Der Gesichtskreis muß ziemlich eingeschränkt gewesen sein. Aber es war jedenfalls nicht so, als hätte sie sich eine zu starke Brille aufgesetzt.«

»Sind Sie denn sicher, daß es eine Frau war?«, wollte Kerber wissen.

»Sie meinen, es hätte auch ein Mann sein können, der sich als Frau verkleidet hatte? Ganz unmöglich wäre es nicht. Die Figur war durch die Schlabberklamotten kaum zu erkennen. Und direkt damenhaft waren ihre Bewegungen auch nicht. Aber sie wirkte eher verkrampft, als ungeschickt. Das Gesicht war jedenfalls vom Schnitt her eher weiblich als männlich. Aber das muß ja nichts heißen.«

»War sie groß oder klein, dick oder dünn?«

»Die Größe war durchschnittlich. Mit hohen Absätzen wäre sie vielleicht so groß gewesen, wie Sie, Frau Dr. Kerber. Und sie war eher schlank. Nicht verhungert, aber definitiv auch nicht dick.«

»Würden Sie die Frau wiedererkennen?«

»Ohne dieses Outfit, das offenbar eine Verkleidung war? Nein, ich fürchte, das könnte ich nicht. Umgekehrt könnten Sie wahrscheinlich jede schlanke Frau so herrichten, daß sie genauso aussieht.«

»Ist Ihnen sonst noch etwas Besonderes an der Frau aufgefallen?«

»Ja, zwei Sachen. Sie zwinkerte häufig. Und sie hatte dünne Handschuhe an, als sie mir die Visitenkarte gab. Sogar, als sie mir das Geld gab, fällt mir gerade ein.«

»Was kostete der Spaß eigentlich?«

»Inklusive der Folien – 6000 Euro.«

»Vielen Dank Frau Walluf. Sollte Ihnen noch etwas einfallen, geben Sie mir bitte Bescheid. Hier ist meine Visitenkarte.«

»Sieht nach einer weiteren Sackgasse aus«, schimpfte Schneider, als er mit Kerber in den Dienstwagen stieg.

»Immerhin wissen wir, daß der Täter weiblich ist oder zumindest ein eher weibliches Gesicht hat. Die dicke Brille können wir wohl vergessen. Das häufige Zwinkern deutet sicher darauf hin, daß der Täter zusätzlich Kontaktlinsen trug, um die Brille wieder auszugleichen. Außerdem muß unser Täter Zugriff auf einen Mercedes-Lieferwagen haben. Mich beeindruckt, mit welcher Weitsicht er – oder sie – diese Tat geplant hat. Zwei Wochen vor den Entführungen wurden die GPS-Tracker und die Folien für den Wagen besorgt.«

»Und an Geldmangel scheint der Täter auch nicht zu leiden. 6000 Euro für die Folien. Klingt nicht nach einem arbeitslosen Banker. Da fallen die 25 Euro je GPS-Tracker kaum ins Gewicht.«

»Apropos GPS-Tracker. Warum wollte der Täter kein Gerät zum Auslesen der GPS-Positionen haben? Man kauft doch keine solchen Geräte, wenn man sie nicht auslesen will.«

»Es sei denn, man kennt bereits die Adressen der Opfer und hat die GPS-Tracker nur gekauft, um eine falsche Spur zu legen. Wir sollten bei der Spurensicherung nachfragen, wo die GPS-Tracker eigentlich angebracht wurden. Ich meine nicht, wo am Auto, sondern was ihre erste Position war. Vielleicht steht die ja noch drin.«

»Um ohne den GPS-Tracker an die Privatadressen aller drei Opfer zu kommen, müßte der Täter Zugriff auf die vertraulichen Mitarbeiterdaten der I2-Bank gehabt haben. Zumindest, wenn wir davon ausgehen, daß er seine Opfer wegen ihrer Personalabbaumethoden umbrachte. Das würde den Kreis der Verdächtigen ziemlich eingrenzen.«

Neue Leiche, neue Spur

(Freitag, abends)

Als sie wieder im LKA ankamen, berichteten Schneider und Kerber ihrem Kollegen von den Erkenntnissen im Zusammenhang mit der Werbeagentur.

»Interessant«, sagte Gödel und lehnte sich in seinem Bürostuhl zurück. »Die vom Wirtschaftsdezernat haben auch einiges herausgefunden. Und in der Steuerfahndung glühen derzeit die Taschenrechner. Es gibt ziemlich viele Ungereimtheiten in dieser Bank. Sogar die Bankaufsicht hat sich inzwischen eingeschaltet. Es scheint gleich mehrere schwarze Kassen zu geben. Schweizer Bankkonten, die nicht in der Buchführung auftauchen. Einige dieser Bankkonten wurden letzte Woche regelrecht geplündert. Barauszahlungen in der Schweiz.«

»Ich habe gerade eine interessante EMail bekommen«, unterbrach Schneider. »Ein ausgebrannter Lieferwagen, Modell Sprinter, ist auf einem abgelegenen Parkplatz entdeckt worden. Dessen Farbe war silbern. Die Spurensicherung ist schon unterwegs.«

»Komisch«, überlegte Kerber, »der entführte Geschäftsführer ist bislang nicht gefunden worden. Wenn der ausgebrannte Wagen unser gesuchter ist, müßte er doch eigentlich noch gebraucht werden, um das dritte Opfer irgendwo abzuladen. Oder ist ein Toter im Auto gefunden worden?«

»Nein, nur verschmortes Plastik. Das könnte die Werbefolie gewesen sein. Wie gesagt, die Spurensicherung ist dran.«

»Könnte der Geschäftsführer in Wirklichkeit gar kein Opfer sein?«, fragte Gödel. »Vielleicht hat er bloß seine Mitwisser beseitigt und versucht, eine falsche Spur zu legen.«

»Habt ihr mal ein Bild von diesem vermißten Herrn Metzger? Ich würde gerne wissen, ob der sich als Frau verkleiden könnte.«

»Das ist sein aktuelles Paßfoto.«

»Nein, ich kann mir nicht vorstellen, daß man aus dem eine überzeugend aussehende Frau machen könnte. Wenn er es war, brauchte er eine Mittäterin.«

»Seine Frau? Sollen wir sie unter Beobachtung stellen?«

»Ich glaube nicht, daß sie sich mit ihrem Mann treffen würde, wenn sie mit ihm unter einer Decke steckt. Das wäre zu gefährlich, zumal der oder die Täter bisher extrem umsichtig gehandelt haben. Laß sicherheitshalber mal die Telefonverbindungen überprüfen. Aber ich glaube nicht, daß uns das hilft.«

»Apropos Telefon«, überlegte Kerber. »Was ist mit dieser Johanna Glück und ihrem Mobiltelefon? Das muß doch auf jemanden angemeldet sein.«

»Johanna Glück?«, fragte Gödel.

»Der Name auf der Visitenkarte aus der Werbeagentur«, erklärte Schneider, während er zum Telefon griff, um bei den Telefongesellschaften anzurufen. Als er wieder auflegte, schaute er griesgrämig.

»Vom Festnetzanschluß der Metzgers gab es keine ungewöhnlichen Verbindungen. Zwei Anrufe bei einem Friseur, dreimal bei einem Shopping-Sender. Sonst nichts. Und das Handy von der Visitenkarte ist eine Prepaid-Nummer. Angemeldet über das Internet auf Johanna Glück. Eine Frau mit diesem Namen hat allerdings nie an der angegebenen Adresse gewohnt. Benutzt wurde es zuletzt vor etwa drei Wochen. Wieder Fehlanzeige.«

»Was ist mit dem Handy des Geschäftsführers. Das ist doch bestimmt ein Firmentelefon. Kann man erfahren, wann damit wohin telefoniert wurde?«

Wieder griff Schneider zum Telefon. Diesmal rief er die Buchhaltung der Bank an und teilte ihr sein Anliegen mit.

»Ja, danke. Schicken Sie mir bitte die angerufenen Nummern zu. Am besten per EMail.«

Nachdem er seine EMail-Adresse genannt hatte, legte er auf.

»Das Telefon ist seit zwei Wochen nicht mehr benutzt worden. Allerdings wurden vorher mehrere Nummern angerufen, die nichts mit seiner Arbeit zu tun hatten. Das war nicht tragisch, da er auch privat mit dem Firmenhandy telefonieren durfte. Aber vielleicht hilft uns das weiter.«

»Ich veranlasse schon mal eine stille Fahndung nach Friedrich Metzger«, sagte Gödel und erhob sich. »Auch, wenn er möglicherweise schon das Land verlassen hat. Sollte seine Frau mit drinhängen, befindet er sich vielleicht noch in der Nähe.«

»Das ging ja prompt. Ich habe gerade die EMail von der Bank bekommen. Eine der Nummern ist die seiner Wohnung. Das war zu erwarten. Aber hier ist auch eine aus Usingen, die er häufig angerufen hat. Eine Geliebte vielleicht? Ich schaue mal schnell mit der Inverssuche nach. ... Der Anschluß gehört einer Heike Kornfeld.«

»Heike Kornfeld?«, fragte Gödel und ging wieder an seinen Platz zurück. »Den Namen habe ich erst vor kurzem gehört. Da kam doch was in den Rundschreiben. ... Ja, hier habe ich es. Eine Heike Kornfeld aus Usingen wurde vor einer Woche tot in ihrer Eigentumswohnung gefunden. Die Nachbarn hatten sich wegen des üblen Gestanks beschwert. Sie muß dort schon eine Woche gelegen haben. Der Leichenbeschauer meinte, sie müsse wohl in der Badewanne ausgerutscht, mit dem Kopf auf den Rand geschlagen und ertrunken sein. Die Leiche ist heute freigegeben worden.«

»Komischer Zufall.«

»Allerdings. Ich veranlasse gleich, daß die Tote noch einmal bei Dr. Stein untersucht wird und daß die Spurensicherung sich die Wohnung der Verstorbenen genauer anschaut.«

Gödel verließ das Zimmer.

»Er plante also möglicherweise mit seiner Geliebten, die schwarzen Konten der Bank zu plündern, spannte sie bei der Tat ein und tötete dann alle potentiellen Mitwisser, zwei davon besonders grausam, um eine falsche Spur zu legen? Das wäre verdammt kaltblütig.«

»Damit hätten wir einen echten Psychopathen als Täter«, stimmte Kerber zu. »Die gewissenhafte Planung der Tat würde zu einem hochintelligenten Psychopathen passen. Er hat allerdings nicht alle potentiellen Mitwisser getötet. Der stellvertretende Geschäftsführer wußte doch sicher auch von den schwarzen Konten.«

»Vielleicht ging es ihm gar nicht um die Mitwisser, sondern nur darum, den Verdacht auf ehemalige Mitarbeiter zu lenken. Oder die beiden anderen wußten von seiner Geliebten, waren also in anderer Hinsicht Mitwisser.«

»Das würde besser passen. Schade, daß ich mich nicht mit dem Geschäftsführer unterhalten kann, um festzustellen, ob er einen guten Psychopathen abgeben würde. Tja, ich denke, für heute sind wir erst einmal fertig. Ich fahre dann heim. Möchtest du dich noch immer morgen mit mir treffen?«

»Auf jeden Fall.«

»Gut, dann bis morgen, 15 Uhr.«

* * *

»Na, ist Diana schon gegangen?«, wollte Gödel wissen.

»Ja, sie meinte, heute würde sie nicht mehr benötigt.«

»Manchmal wünsche ich mir auch, freier Mitarbeiter zu sein. Aber eigentlich hat sie recht. Heute können wir wirklich nichts mehr tun. Die Tote aus Usingen wird noch heute zu uns in die Pathologie gebracht. Aber Dr. Stein fängt sicher erst am Montag mit seiner Untersuchung an. Die Wohnung der Toten wurde von der Polizei in Usingen verplombt, damit die Spurensicherung sie nach dem Wochenende unter die Lupe nehmen kann, und die stille

Fahndung nach Friedrich Metzger ist auf den Weg gebracht. Mit anderen Worten, wir sind fertig für diese Woche und können auch heimgehen. Schönes Wochenende, Markus.«

»Dir auch, Karlheinz.«

* * *

Ein komisches Gefühl war das für Schneider. Normalerweise genoß er es, Freitag Abend das Wochenende einzuleiten. Diesmal stand er allerdings unter einer starken Anspannung. Er fragte sich, ob es wirklich eine so gute Idee gewesen sei, sich mit Diana zu verabreden. Klar, sie war eine tolle Frau. Und – auch wenn er es sich nur widerwillig eingestand – er hatte sich in sie verliebt. Es war nicht nur ihr Äußeres, obwohl dies bereits das Zeug dazu hatte, die meisten Männer um den Verstand zu bringen. Da war noch mehr. Sie hatte etwas von einem Raubtier. Sie war auf der Jagd. Und er war eine potentielle Beute. Seltsamerweise störte ihn das nicht. Im Gegenteil, es elektrisierte ihn, wenn er daran dachte, von ihr zur Strecke gebracht und verspeist zu werden. In einem übertragenen Sinn natürlich. Gleichzeitig machte ihm genau das Angst. Schließlich war sie keine ›normale Frau‹, sondern, wie sie selbst gesagt hatte, praktizierende Sadistin. Eine Frau, die Spaß daran haben würde, ihn zu quälen. Das konnte er doch nicht ernsthaft wollen. Das war doch krank. Abartig. Er war doch nicht so ein Wurm, der unter den Füßen einer Domina herumkroch. Oder etwa doch?

Bisher hatte es ihn stets verunsichert, wenn er mit Hilflosigkeit konfrontiert wurde. Die Vorstellung, selbst hilflos ausgeliefert zu sein, ließ sein Herz rasen und die Finger zittern. Es war nicht Angst, die ihn verwirrte, sondern Erregung. Wie konnten ihn solche Gedanken bloß erregen? Er war doch kein Feigling. Nicht nur vor anderen, auch vor sich selbst hatte er diese Gefühle stets versteckt und verleugnet. Das durfte und konnte nicht sein.

Sollte er diese inneren Mauern wirklich einreißen? Was würde von ihm übrig bleiben, wenn er sich zugestand, auch so ein Wurm zu werden, wie diese Typen, die gelegentlich in Privatsendern als

Kunden von Dominas zu sehen waren? Konnte er das mit seiner Selbstachtung vereinbaren? Und was würden die Leute denken, die ihn kannten, wenn er plötzlich zum Schoßhündchen einer Domina wurde? Wahrscheinlich würden sie ihn genauso verachten, wie er es bei diesen Waschlappen im Fernsehen tat.

Trotzdem würde er sich morgen abholen lassen. Er konnte nicht mehr zurück, ohne sein Gesicht zu verlieren. Nicht nur vor ihr, sondern auch vor sich selbst. Was hatte ihn bloß geritten, sie ganz offen bei der Fahrt im Jaguar anzumachen? Er hatte allerdings auch nie erwartet, daß sie darauf eingehen würde. Egal, es blieb ihm jetzt nichts anderes übrig, als den morgigen Tag auf sich zukommen zu lassen. Sie würden reden, hatte sie ihm eröffnet. Eigentlich also ganz harmlos. Trotzdem schlug ihm das Herz bis zum Hals, wenn er daran dachte. Hoffentlich konnte er diese Nacht gut schlafen. Übermüdet wollte er sich nicht mit ihr treffen. Die Gedanken drehten sich in seinem Kopf.

Kapitel 4

Aussprache

(Samstag, nachmittags)

Als er die Tür öffnete, stand Kerber in einem alarmroten, engen Kleid mit gewagtem Ausschnitt vor ihm.

»Sie hatten die Abholung einer armen Seele angefordert?«, fragte sie mit spöttischem Gesichtsausdruck.

»Du siehst ja höllisch scharf aus«, antwortete Schneider gut gelaunt.

Es war Punkt 15 Uhr gewesen, als sie geklingelt hatte.

»Können wir?«, wollte sie mit einer hochgezogenen Braue wissen.

»Natürlich.«

Seit einer halben Stunde war er bereits auf ihr Eintreffen vorbereitet und wartete ungeduldig darauf, daß die Uhr endlich drei anzeigte. Rechtzeitig vorher hatte er geduscht und seine beste Freizeitkleidung angezogen. Er trat aus seiner Wohnung und schloß die Tür ab. Kerber begann bereits, die Treppe vom zweiten Stock herabzusteigen. Schneider folgte ihr und genoß den Anblick ihres sich anmutig bewegenden Körpers. Das eng anliegende Kleid unterstrich dieses Schauspiel. Ihr Wagen stand direkt vor der Haustür. Ohne sich zu ihm umzudrehen, stieg sie ein. Er hatte kaum platzgenommen, als sie den Jaguar anließ und sich in den Verkehr einfädelte.

»Wie geht es dir?«, wollte sie beiläufig von ihm wissen.

»Etwas aufgeregt, aber gut.«

»So soll es sein.«

»Wo fahren wir denn hin? Zu dir nach Hause?«

»Nein, in mein Studio.«

»Oh«, kam es enttäuscht von ihm.

»Bevor ich dich zu mir nach Hause mitnehme, müssen wir uns erst besser kennengelernt haben. Aber keine Sorge, wir werden uns auch in meinem Studio gut unterhalten können.«

Schweigend fuhren sie weiter. In der Frankfurter Innenstadt bogen sie in eine kleine Seitengasse. In einer Einfahrt öffnete sich ein Tor und gab den Weg in eine Tiefgarage frei. Sobald der Wagen geparkt war, gingen sie zu einem Aufzug, der sie in den fünften Stock brachte. In der Etage gab es nur eine einzige Tür. Sie trat ein und hielt ihm die Tür auf.

»Willkommen in meinem Reich.«

Neugierig trat er ein. Der Raum, in dem sie standen, sah unspektakulär aus. Außer einer Garderobe mit Spiegel und einem dicken, schwarzen Teppich waren nur beigefarbene Wände und sechs Türen zu sehen. Kerber tauschte ihre relativ flachen Schuhe gegen Pumps mit mindestens sechs Zentimetern Absatz.

»Zieh dir bitte die Schuhe aus. Ich möchte keine Flecken auf meinem Teppich. Die Strümpfe kannst du auch gleich hierlassen. In meinem Studio ist es warm. Abgesehen davon finde ich Tennissocken – reden wir nicht drüber.«

Schneider wußte zwar nicht, was an seinen Tennissocken auszusetzen war, kam aber ihrem Wunsch nach. Sie öffnete eine der Türen und gab den Blick in ein gemütliches Zimmer frei. Zwei Sessel standen in rechtem Winkel an einem Tisch. Eine Wand schien aus einem großen Fenster zu bestehen. Allerdings zeigte es eine idyllische Waldlandschaft, die es hier in der Innenstadt garantiert nicht zu sehen gab. Gegenüber war ein großer, gediegener Schrank. Die Beleuchtung kam blendfrei aus einer großen, flachen Deckenleuchte. Er betrat den Raum und spürte auch hier den weichen Teppich unter seinen Füßen.

»Nimm bitte in einem der Sessel platz. Hast du ein Alkoholproblem?«

»Nein«, sagte er erstaunt, während er sich in einem der Sessel niederließ. »Wie kommst du denn darauf?«

»Es war keine Vermutung, nur eine Frage zur Sicherheit. Ich habe nämlich vor, dir ein Gläschen Sekt zu geben, damit du entspannter bist.«

Er lehnte sich zurück und sah ihr zu, wie sie zwei kleine Gläser aus dem Schrank holte und eine gekühlte Bar darin öffnete. Routiniert öffnete sie eine kleinere Flasche und füllte die beiden Gläser. Eins reichte sie ihm. Mit dem anderen in der Hand setzte sie sich in den freien Sessel.

»Auf ein offenes und ehrliches Gespräch«, prostete sie ihm zu und nippte an ihrem Glas.

Auch er trank einen kleinen Schluck und schaute sie gespannt an.

»Bei unserer gemeinsamen Autofahrt am Donnerstag«, begann sie in entspanntem Plauderton, »hattest du recht unverhohlen angefangen, mich anzuflirten. Was hast du dir davon erhofft?«

»Ich weiß nicht. Ich finde dich sehr sympathisch. Nein, das trifft es nicht. Ich fühle mich zu dir hingezogen. Und das wollte ich dir irgendwie zeigen.«

»Heißt das, du bist in mich verliebt?«

»Ja.«

»Gut. Dann stimmt schon mal die erste Voraussetzung für unser Gespräch. Wenn es dir nämlich nur um eine kurzfristige Eroberung oder um einen One-Night-Stand ginge, wäre unser Treffen Zeitverschwendung. Für jeden von uns.«

Sie beobachtete ihn genau.

»Du bist dir nicht sicher«, fuhr sie fort, »ob es eine gute Idee war, dich mit mir zu treffen, richtig?«

Zunächst nickte er nur, während sie ihn fragend ansah.

»Ich weiß nicht«, sagte er schließlich, »ob ich so werden will, wie ich müßte, um deinen Ansprüchen zu genügen.«

»Was glaubst du denn, wie du werden müßtest?«

»Ein willenloser Sklave, der alles widerspruchslos tut, was du von ihm verlangst. Und der alles erträgt, was du mit ihm anstellst.«

Sie lachte.

»Und doch sitzt du jetzt hier. Kann es sein, daß dich dieser Gedanke trotz allem erregt?«

Er starrte nur in sein Sektglas.

»Einen willenlosen Sklaven«, sagte sie wieder ernst, »kann ich nicht brauchen. Um mich ertragen zu können, muß ein Mann über einen gefestigten Charakter verfügen, über einen starken Willen und über ein ausgeprägtes Selbstbewußtsein. Dazu ist eine Voraussetzung, sich selbst und die eigenen Bedürfnisse zu akzeptieren. Im letzten Punkt und dem damit zusammenhängenden Selbstbewußtsein sehe ich bei dir einen gewissen Nachholbedarf. Angesichts deines Alters ist das allerdings nicht so ungewöhnlich.«

»Das paßt so gar nicht zu dem, was ich bisher über Dominas gehört habe«, antwortete er mit ungläubigem Gesichtsausdruck.

»Du informierst dich aus den falschen Quellen. Im Übrigen ist Domina eine Berufsbezeichnung. Die Frauen, die diesen Beruf ausüben, können genauso verschieden sein, wie in jedem anderen Beruf. Was du meinst, ist eine Sadistin. In meinem Fall eine mit ausgeprägter, dominanter Neigung. Das bedeutet, daß es mir nicht nur Spaß macht zu quälen, ich liebe es, die Kontrolle zu haben, zu beherrschen.«

Sie nippte an ihrem Sektglas.

»Für dich bedeutet das, daß du es erregend finden mußt, von mir gequält und beherrscht zu werden. – Witzig, wie du erschreckt schaust, wenn ich von Quälen spreche. Ich meine dabei nicht in erster Linie das Zufügen von Schmerzen. Zu sehen, wie du dich vor Scham windest, würde mir viel mehr Freude bereiten. Aber kommen wir zurück zu dir. Wenn es dir nichts gibt, wie ich dich behandeln werde, haben wir keine gemeinsame Zukunft. Meine Neigung nur aus Liebe zu mir ertragen zu wollen, ist keine tragfähige Basis. Ein Mann für mich muß es erregend finden, wie ich ihn behandle. Das ist eine der Fragen, die du dir beantworten mußt.«

Es war Schneider anzusehen, wie seine Gedanken rasten und wie er versuchte, sich über seine eigenen Bedürfnisse klarzuwerden.

»Du mußt diese Frage nicht jetzt beantworten. Laß dir Zeit damit. Heute will ich die Antwort ohnehin noch nicht haben. Außerdem gibt es noch etwas, das du berücksichtigen mußt. Ich werde in jedem Fall weiter meiner Arbeit nachgehen und mich mit zahlenden Kunden erotisch vergnügen. Du wirst keinerlei Exklusivanspruch auf mich haben. Eifersucht darf in dir keinen Platz haben. Ich weiß, daß das eine sehr schwere Anforderung ist. Aber du mußt dir von Anfang an im Klaren sein, daß ich meinen Beruf für dich nicht aufgeben werde. Darauf zu hoffen, daß ich irgendwann ›nur noch dich brauche‹, wäre eine schmerzhafte Fehleinschätzung. Mach dir das von Anfang an klar.«

Er schaute sie ernst und nachdenklich an, sagte aber kein Wort.

»Umgekehrt werde ich auch deinen Beruf respektieren. Ich werde nichts von dir verlangen, das dir beruflich schaden würde.«

»Was machst du eigentlich beruflich mit deinen Kunden? Wie läuft das so ab?«

»Zunächst einmal habe ich mit ihnen ein ausführliches Gespräch. Allerdings geht es dabei eher um die Wünsche und Erwartungen der Kunden. Ich will wissen, was sie anmacht, wovor sie Angst haben und was für sie gar nicht in Frage kommt. Letzteres respektiere ich. Wenn mir die Vorlieben der Kunden ebenfalls zusagen, kommen wir ins Geschäft. Viele Kunden haben klare Vorstellungen davon, wie eine Session ablaufen soll. Das wäre für mich allerdings langweilig. Ich sage ihnen, daß ich das höchstens in der ersten Session akzeptiere. Und auch dann nur, um einen Eindruck zu bekommen, wie der Kunde reagiert. Später überlege ich mir im abgesteckten Rahmen selbst, wie der Besuch bei mir verlaufen soll. Wer das nicht möchte, kann sich eine andere Domina suchen. Die meisten bieten dem Kunden genau das, was er will, soweit es in ihr ›Dienstleistungsspektrum‹ paßt.«

»Dienstleistungsspektrum?«

»Na ja, die meisten Dominas, mich eingeschlossen, bieten keinen Geschlechtsverkehr. Zumindest nicht mit der Domina selbst. Bei mir darf sich ein Kunde auch schon mal an einer aufblasbaren Gummipuppe abarbeiten, während ich ihm den Hintern versohle. Ob und wann das stattfindet, entscheide allerdings ich. Umgekehrt habe ich kein Problem damit, mich von einem Kunden einseitig verwöhnen zu lassen, beispielsweise mit seiner Nase in meinem Intimbereich. Auch, wenn es aus hygienischen Gründen nie direkten Kontakt gibt. Du siehst, du hättest durchaus Anlaß, eifersüchtig zu sein. Wenn du damit ein Problem hast ...«

Schneider rutschte unruhig in seinem Sessel hin und her.

»Mußt du die Geschlechtsteile deiner Kunden anfassen?«, wollte er wissen.

»Müssen?«, fragte sie lachend. »Natürlich fasse ich sie auch dort an. Du glaubst gar nicht, wie viele Möglichkeiten mir das gibt, mit ihnen zu spielen. Dank Latexhandschuhen, die von vielen Kunden als Fetisch angesehen werden, ist das auch hygienisch unproblematisch.«

Kerber lächelte, als sie sah, wie ihn ihre Schilderungen erregten, auch wenn ihm das offensichtlich unangenehm war.

»Etwas verstehe ich noch nicht. Warum müßte ich denn über einen starken Willen verfügen, wenn du mit mir sowieso machen würdest, was du willst?«

»Du bekämst von mir auch Aufgaben, die dir schwerfallen. Und auch, wenn ich nicht kontrollieren könnte, ob du sie erfüllt hast, müßtest du es mir wahrheitsgemäß berichten. Ich gebe dir ein Beispiel. Du dürftest dich nicht mehr selbst befriedigen.«

Sie lachte, als er rot wurde, was seine Gesichtsfärbung noch dunkler werden ließ.

»Aha. Dachte ich es mir doch. Solltest du schwach werden und es doch tun, müßtest du es mir beichten. Und es hätte unangenehme Konsequenzen für dich. Früher oder später müßtest du aber sowieso einen Keuschheitsgürtel tragen, zu dem nur ich einen Schlüssel hätte. Ja, ich würde deine Sexualität kontrollieren und bestimmen, ob, wann und wie du Befriedigung bekämst. Erschreckt dich das? Oder erregt es dich? Du mußt mir nicht antworten. Wichtig ist, daß du dir selbst darüber klar wirst.«

Sie ging zu dem Schrank mit der Bar und holte ein Klemmbrett mit einem Fragebogen heraus. Zusammen mit einem Stift setzte sie sich in ihren Sessel.

»Um dich wieder etwas abzukühlen, habe ich erst einmal einige gesundheitlichen Fragen an dich. Ach ja, noch eins vorweg: Wie alt bist du eigentlich genau?«

»27. Und du?«

Sie sah ihn mit hochgezogenen Augenbrauen an.

»Entschuldigung. Stimmt, das fragt man eine Dame ja nicht.«

Ein spöttisches Lächeln umspielte ihren Mund.

»Ich sehe schon, an deinem Benehmen werden wir noch etwas arbeiten müssen. Hast du zur Zeit ansteckende Krankheiten?«

»Nein.«

»Probleme mit Epilepsie?«

»Nein. Warum mußt du denn so etwas wissen?«

»Sollte ich dich gefesselt haben und du bekämst einen epileptischen Anfall, müßte ich sofort Maßnahmen ergreifen, damit du dich nicht verletzt. Manche Fesselungen wären dann tabu. Wie sieht es mit deinem Herz-/Kreislaufsystem aus? Irgendwelche Probleme?«

»Nein.«

Schneider kam sich vor, wie in einer Krankenhausaufnahme. Es irritierte ihn zwar, aber er beantwortete alle ihre Fragen. Sie hatte recht. Diese Fragen ließen seine Erregung wieder deutlich zurückgehen. Seine Phantasie hatte keine Zeit mehr, sich auszumalen, was sie mit ihm anstellen könnte. Als sie den Fragebogen schließlich zur Seite legte, war er wieder einigermaßen ruhig.

Erneut stand sie auf und ging zum Schrank. Als sie zurückkam, hatte sie Handschellen und zwei etwas größere, mit einer kurzen Kette verbundene Metallfesseln in der Hand.

»Ich möchte einen kleinen Test mit dir machen. Bist du interessiert?«

Als er aufstehen wollte, schüttelte sie den Kopf.

»Aufstehen brauchst du jetzt nur, wenn du lieber gehen möchtest. Andernfalls strecke mir einfach einen deiner Füße entgegen.«

Er tat es. Sie legte ihm eine der beiden größeren Fesseln an und ließ sie einrasten.

»Nun den anderen Fuß.«

Nachdem sie auch an diesem die Fesseln angelegt hatte, reichte sie ihm die Hand.

»Jetzt steh bitte auf. Vorsicht. Mit den Fußfesseln kannst du nur kleine Schritte machen. Nicht, daß du umfällst und dich verletzt. Gut so. Zieh bitte dein Hemd aus. Laß es einfach auf den Sessel fallen. Und jetzt dreh dich um und leg die Hände auf den Rücken.«

Er hörte die Handschellen einrasten. Sein Puls raste wieder, wie vorhin, als sie ihm angedeutet hatte, was sie alles mit ihm anstellen könnte.

»Dann begleite mich jetzt in eins der anderen Zimmer«, sagte sie und dirigierte ihn mit einer Hand auf seiner linken Schulter vor sich her.

Kerber ging mit ihm in den Vorraum und öffnete eine Tür. Der Raum dahinter lag im Dunkeln. Schneider fiel auf, daß die Tür sehr dick war.

»Alle Türen zu meinen Studioräumen sind schalldicht«, beantwortete sie seine unausgesprochene Frage und schob ihn in den dunklen Raum hinein.

Als die Tür mit einem satten Geräusch zuschlug, schaltete sie das Licht in dem Raum an. Schneider brauchte einen Moment, um sich zu orientieren. Der Raum war nicht groß, höchstens vier mal vier Meter. Gegenüber der Tür war eine holzgetäfelte Wand. Darüber war eine Stahlkonstruktion mit Rollen, aus der zwei Ketten nach unten hingen. Diese Ketten wurden zu einer Kurbel geführt, die in der rechten Ecke befestigt war. An der linken Wand stand eine schmale Kommode, auf der ein Handtuch lag, unter dem etwas Schwarzes herausragte. Auf dem Boden, vor der getäfelten Wand, lag ein schweres Holzbrett, an dessen Enden zwei dreißig Zentimeter breite, schwarze Schlaufen längs zum Balken angebracht waren. Es dauerte einen Moment, bis Schneider verstand, was er sah. Wären sie nicht im aktuellen Fall damit konfrontiert worden, hätte er es wahrscheinlich gar nicht erkannt. Vor ihm lag der Querbalken eines Kreuzes. Würden seine Arme durch die Schlaufen geschoben und auf der Rückseite irgendwie gespannt, brauchte Kerber den

Balken nur mit der Kurbel nach oben zu leiern, um ihn langsam sterben zu lassen. War das etwa die Lösung ihres Falles? Waren die Toten in Wirklichkeit einer sadistischen Lustmörderin zum Opfer gefallen?

»Aus welchem Holz ist eigentlich die Wand da vorne?«, fragte er betont harmlos.

»Das weißt du doch schon«, antwortete sie mit sanfter Stimme.

Akute Gefahr

(Samstag, nachmittags)

Er mußte sofort etwas unternehmen. Die Fesseln an Händen und Füßen würden ihn behindern, aber er war schließlich ein ausgebildeter Polizist. War das eine Waffe, dort unter dem Handtuch? Er schaute genauer hin und lenkte seine Schritte möglichst unauffällig nach links. Nein, es war ein Elektroschocker. Mit so einem Teil waren die Opfer gefoltert worden. Hatte sie das jetzt auch mit ihm vor, wenn er erst einmal hilflos an dem Balken hing? Wenn er den Schocker in die Hände bekäme, könnte er sie leichter überwältigen. Er drehte sich zu ihr um.

»Was hast du mit mir vor?«, fragte er, um sie abzulenken.

Sie lächelte ihn an und schob ihn vor sich her in Richtung Holzwand. Ihm blieb nichts anderes übrig, als sich rückwärts zu bewegen, wenn er vermeiden wollte, daß sie ihm mit ihren Schuhen auf die nackten Füße trat. Immerhin gelang es ihm, der Kommode ganz nahe zu kommen. Als er sie am Bein spürte, tastete er mit seinen gefesselten Händen nach dem Schocker. Dabei schaute er ihr noch immer in die Augen, in der Hoffnung, daß sie nicht bemerkte, was er auf dem Schränkchen suchte. Sie lächelte ihn an und schob ihn mit beiden Händen auf seiner Brust in Richtung Wand. Hätte er durch die Fußfesseln nicht so kleine Schritte machen müssen, hätte er kaum die Zeit gehabt, so lange unauffällig nach dem Elektroschocker zu tasten. Endlich spürte er ihn und nahm ihn an sich.

»Bleib stehen«, sagte er betont sanft zu ihr. »Du mußt nicht weitermachen. Du brauchst Hilfe.«

Sie schüttelte nur den Kopf und drückte ihn lächelnd weiter nach hinten. Blitzschnell drehte er sich um, machte einen Schritt rückwärts auf sie zu und berührte sie mit dem Schocker.

»Das tut mir mehr weh als dir«, murmelte er, als er den Schalter betätigte.

Er behielt recht. Ein unbeschreiblicher Schmerz breitete sich schlagartig von seiner rechten Hand ausgehend im ganzen Körper aus. Seine Beine knickten ein. Erfolglos versuchte er, den Schocker loszulassen, von dem der grausame Schmerz ausging. Er spürte, wie Kerber seinen Sturz abfing. Endlich hörte der Schmerz auf. Schneider war verwirrt und orientierungslos. Er zitterte und konnte sich nicht konzentrieren. Eine Stimme redete beruhigend auf ihn ein. Die Handschellen wurden geöffnet und er auf den Rücken gedreht. Noch immer hatte er keine Kontrolle über seine Muskeln. Und auch sein Verstand verweigerte ihm den Dienst. Er hörte Kerbers beruhigende Stimme, während sie einen seiner Arme durch eine der Schlaufen des Bretts schob. Er mochte diese Stimme und lauschte ihr, ohne zu verstehen, was sie sagte. Ein langsam erwachender Teil seines Verstandes versuchte, ihm etwas Wichtiges mitzuteilen, aber er konnte sich nicht darauf konzentrieren. Jetzt war auch der andere Arm in der Schlaufe. Beide umschlossen fest seine Unterarme. Endlich begann er, seine Situation wieder zu begreifen. Doch es war bereits zu spät. Er zerrte mit seinen ausgebreiteten Armen an den Schlaufen, konnte sich allerdings nicht befreien. Eine Hand griff in seine Haare und drehte den Kopf. Kerbers Gesicht war direkt über seinem. Sie lächelte.

»Ich mag es, wenn du so zappelst. Du darfst auch schreien, wenn dir danach ist. Der Raum ist schalldicht und ich höre dir gerne zu.«

Dann ging sie zur Kurbel und drehte sie ohne Kraftanstrengung, wodurch das Brett langsam zur Wand und nach oben gezogen wurde. Offenbar arbeitete die Kurbel mit einer großen Übersetzung.

»Warum machst du das?«, fragte Schneider verzweifelt.

Bei aller Angst bemerkte er zu seiner Verwirrung, daß ihn diese Situation auch irgendwie erregte. Das war allerdings im Moment seine kleinste Sorge. Kerber stand noch immer an der Kurbel, die bei jeder Umdrehung viele klackende Geräusche von sich gab. Diese kamen von einem Arretierungsmechanismus, der ein Zurückdrehen verhinderte, wenn die Kurbel losgelassen wurde.

»Einen kleinen Moment noch, Markus, dann komme ich zu dir«, sagte sie, während sie die Kurbel ohne Unterbrechung weiterdrehte.

Schneider stand bereits aufrecht an der Wand und mußte sich inzwischen auf die Zehenspitzen stellen, um nicht mit den Füßen in der Luft zu hängen. In diesem Moment hörte sie mit dem Kurbeln auf und trat seitlich an ihn heran. Mit einer Hand öffnete sie den Gürtel seiner Hose. Nachdem sie auch Knopf und Reißverschluß geöffnet hatte, zog sie ihm die Hose herunter. Nur die Fußfesseln hinderten Kerber daran, sie ganz auszuziehen. Dann wandte sie sich seiner Unterhose zu. Kurz darauf stand er praktisch nackt an ihrem Kreuz. Sie trat auf die Hosen, die seine Knöchel umschlangen und stellte sich vor ihn. Grinsend blickte sie auf Schneiders aufgerichtetes Glied, das seine widerwillige Erregung verriet.

»Schön, daß du dich wohlfühlst«, sagte sie in spöttischem Ton.

Sie legte ihm ihre linke Hand ins Genick, während ihre rechte die Vorderseite seines Oberschenkels streichelte. Ohne den grausamen Tod vor Augen hätte er es genossen. Seine Erregung schien von der erschreckenden Aussicht nicht getrübt zu werden.

»Eines enttäuscht mich dann doch etwas«, sagte sie, während sie ihm direkt in die Augen blickte.

»Was denn?«, fragte er trotzig. »Habe ich es dir zu leicht gemacht?«

»Oder«, fuhr er mit kurzem Blick auf sein erregtes Glied fort, »sagt dir meine ›Ausstattung‹ nicht zu?«

Sie folgte seinem Blick und lächelte.

»Du siehst dir zu viele Pornos an. Sonst hättest du an der Größe nichts auszusetzen.«

»Ich werde es mir für die Zukunft merken«, antwortete er sarkastisch.

»Ich will dir sagen, was mich ein wenig enttäuscht. Nämlich, daß du mir zutraust, aus sadistischem Vergnügen heraus zu morden.«

Er schaute sie verwirrt und entgeistert an.

»Du meinst, du bist gar nicht ... das hier ... aber ...«

»Nein, ich habe nichts mit den Morden zu tun. Und ich habe auch nicht vor, bei dir damit anzufangen. Aber ich gebe zu, es hat mir Spaß gemacht, das für dich zu inszenieren. Den modifizierten Elektroschocker habe ich übrigens schon länger. Das ist eine von vielen Vorsichtsmaßnahmen, mit denen ich notfalls einen Kunden überwältigen kann, der glaubt, alleine mit einer Frau und all den Fesselungsmöglichkeiten leichtes Spiel zu haben.«

Sie ging zurück zur Kurbel und löste die Arretierung lange genug, um das Brett soweit herunterzulassen, daß Schneider wieder bequem stehen konnte.

»Was, glaubst du, könnte ich alles mit dir machen, wenn du hilflos vor mir stehst? Denke darüber nach und höre in dich hinein, ob dir das zusagt. Das sollte dir deine Entscheidung erleichtern.«

Sie machte sich an der Rückseite des Bretts zu schaffen und die Schlaufen öffneten sich weit genug, daß Schneider seine Arme herausziehen konnte.

»Die Wand ist übrigens nicht aus Tropenholz. Das ist Kirschbaum.«

Sie warf ihm einen kleinen Schlüssel zu.

»Der ist für deine Fußfesseln.«

Als er sich bücken und seine Hosen wieder hochziehen wollte, trat sie an ihn heran.

»Laß die Hosen noch etwas aus. Du wirst mir doch den Anblick eines attraktiven Mannes nicht vorenthalten wollen.«

Erstaunt schaute er sie an. Er wurde aus ihr nicht schlau. Machte sie sich über ihn lustig? Ihr Blick hatte diesmal nichts Spöttisches an sich. Er schloß die Fußfesseln auf und befreite sich daraus. Seine Hosen nahm er in die Hand. Dann folgte er ihr, nackt wie er war, aus dem Zimmer. Sie nahm ihm Hosen und Fußfesseln ab und trug sie in das Zimmer, in dem sie sich unterhalten hatten. Dann nahm sie ihn an der Hand und führte ihn in ein weiteres Zimmer ihres Studios. Es war größer und enthielt all jene Dinge, die man in einem Dominastudio erwartete. Ein Andreaskreuz stand an einer der Wände. Ein Strafbock mit Fixierungsösen befand sich mitten im Raum. Auch ein Käfig, der gerade genug Platz bot, um aufrecht darin zu stehen, fehlte nicht. Kerber dirigierte ihn in diesen Käfig und verschloß ihn.

»Strecke doch mal deine Hände aus dem Käfig. Nein, durch verschiedene Gitterstäbe. Ja, genauso.«

Erneut legte sie ihm Handschellen an, die ihn diesmal daran hinderten, die Hände in den Käfig zurückzunehmen. Dann stellte sie sich mit einem breiten Grinsen vor ihn.

»Nachdem du dich mir nackt gezeigt hast, wäre es unfair, dir nicht auch einen Blick auf meinen Körper zu gönnen.«

Langsam und lasziv zog sie sich vor ihm aus. Seine Augen klebten förmlich auf ihrem Körper, während sie sich ihrer Kleidung entledigte. Dann trat sie an den Käfig heran und griff hinein. Mit beiden Händen an seinem Hintern zog sie ihn nach vorne an die Gitterstäbe. Nur wenige Zentimeter trennten sein aufs Äußerste erregtes Glied von ihrem Körper. Ein Stöhnen entfuhr ihm. Sie beugte ihren Oberkörper etwas nach vorne.

»35«, sagte sie.

Er schaute sie verständnislos an.

»Du hast doch gefragt, wie alt ich bin.«

»So ...?«

»So alt? Wolltest du das sagen?«

»Ich hätte dich nicht älter geschätzt als mich.«

Sie lächelte ihn an.

»Wenn du magst, darfst du mit den Händen meine Brüste berühren.«

Vorsichtig streichelte er mit den gefesselten Händen über ihren Busen, während sich ihre Hände in seinen Hintern krallten. Sie atmete tief ein. Dann trat sie zu seiner Enttäuschung zurück.

»Das hast du schön gemacht«, sagte sie und ging zu einer Ledercouch, die nicht weit vom Käfig stand.

Sie räkelte sich darauf und begann, sich am ganzen Körper zu streicheln. Dabei schloß sie genießend die Augen. Schneider wußte nicht, wohin mit seiner Erregung. Seine Augen starrten gebannt auf ihren Körper und ihre Hände. Dann schaute sie ihn wieder lächelnd an und zwinkerte ihm zu.

»Es ist macht Spaß, dich zu erregen. Aber wenn es am Schönsten ist, soll man ja bekanntlich aufhören.«

Mit diesen Worten zog sie sich wieder an. Sie trat an den Käfig heran und musterte ihn von Kopf bis Fuß.

»Ich glaube, du brauchst noch einige Zeit, um wieder abzukühlen. Diese Zeit können wir produktiv nutzen. Warte hier, ich hole nur schnell etwas zu schreiben. Gleich darfst du mir verraten, wie deine geheimen, erotischen Träume aussehen. Ich bin gespannt, welche es sein werden. Wer weiß, vielleicht kenne ich sogar schon einige. Macht aber nichts. Es geht nicht darum, besonders originell zu sein. Nur offen und ehrlich.«

Für einen Moment verschwand sie und ließ ihn in seiner Erregung zurück. Es elektrisierte ihn, daß sie seine Hände außerhalb des Käfigs gefesselt hatte. Das ließ ihm keine Möglichkeit, selbst für ein befriedigendes Abklingen seiner Erregung zu sorgen. Er hätte sich zwar ohnehin beherrscht, da es zu demütigend gewesen wäre, von ihr dabei erwischt zu werden. Die gefesselten Hände ließen ihm aber gar keine andere Wahl. Er erinnerte sich an das, was sie vorhin zu ihm gesagt hatte. Sie würde von ihm verlangen, sich nicht selbst zu befriedigen. Diese Vorstellung war für ihn erschreckend und erregend zugleich. Ob er das fertigbringen würde?

»Wie ich sehe, ist deine Erregung noch kein bißchen abgeklungen. Süß. Solltest du dich wirklich entscheiden, mit mir eine feste Beziehung einzugehen, werde ich viel Spaß an dir haben. Und du wirst – fürchte ich – ziemlich leiden müssen. Wobei ich sicher bin, daß du dieses Leiden genießen wirst.«

Sie setzte sich wieder auf die Couch und nahm ihr Klemmbrett und den Stift zur Hand.

»Kannst du schon über deine Phantasien sprechen? Oder ist deine Erregung noch zu hoch für ganze Sätze?«

»Ich fürchte, es sind gerade einige Phantasien hinzugekommen«, begann er.

Zunächst schilderte er nur zögerlich, was ihn erregte. Es kostete ihn Überwindung, über jene Vorstellungen zu sprechen, die er sich selbst bisher kaum eingestanden hatte. Schließlich verriet er ihr all seine geheimen Träume, die er bisher niemand anderem anvertraut hatte. Zu seiner Erleichterung machte sie sich über nichts lustig, sondern fragte an manchen Stellen im Gegenteil interessiert nach. Es überraschte ihn, daß er sich hinterher erleichtert fühlte. Das sagte er ihr auch.

»Das ist nicht verwunderlich. Es ist immer gut, über das zu sprechen, was einen bewegt. Manchmal ist es nur schwierig, die richtige Vertrauensperson dafür zu finden.«

»Apropos Vertrauen. Was machst du eigentlich mit deinen Aufzeichnungen?«

»Die kommen gut verschlüsselt auf einen PC, der nicht ans Internet angeschlossen ist. Ich brauche sie, um mir passende Szenarien ausdenken zu können.«

»Als Träger von Berufsgeheimnissen sind Dominas meines Wissens nicht anerkannt.«

»Mag sein. Trotzdem gibt es für mich so eine Art freiwilliger Schweigepflicht, schon aus geschäftlichem Interesse. Und an meine Aufzeichnungen kommt niemand heran. Auch nicht im Falle einer Beschlagnahme.«

»Man könnte dich in Beugehaft nehmen.«

»In Anbetracht deines Berufes werde ich dir nicht verraten, warum ich jeden geheimen Schlüssel verraten kann und trotzdem niemand an meine Aufzeichnungen kommt. Sobald meine Notizen geschreddert sind, komme nur noch ich an die geheimen Phantasien meiner Kunden. Und in dieser Hinsicht wirst du dich nicht von ihnen unterscheiden.«

Sie blätterte zum nächsten Zettel.

»Jetzt brauche ich noch die Dinge, die dir Angst machen, die dich Überwindung kosten. Dir ist klar, daß ich die gegen dich verwenden werde, oder? Nach den Tabus, also den Sachen, die für dich völlig inakzeptabel sind und die ich als Grenzen beachten werde, frage ich dich hinterher.«

»Ich soll dir also verraten, wie du mich quälen kannst?«

»Genau. Aber vielleicht sollten wir diesen Teil überspringen. Das wird dann eine der Aufgaben, die du bekommst, falls du dich tatsächlich dafür entscheidest, dich mir auszuliefern. Kommen wir also gleich zu den Tabus.«

»Es ist für dich noch immer eine Frage, ob ich mich traue?«

»Das hat nichts mit ›sich trauen‹ zu tun. Du mußt für dich drei Fragen beantworten. Willst du die Phantasien, die du mir gerade erzählt hast – und noch ein paar mehr, die ich mitbringe – mit mir ausleben? Kannst du meinen Beruf ohne Eifersucht akzeptieren? Und bist du bereit, eine asymmetrische Beziehung, also eine, bei der nicht beide die gleichen Rechte haben, mit mir einzugehen und dich mir im Privatleben unterzuordnen? Wenn du alle drei Fragen sicher mit ›ja‹ beantworten kannst, bin ich bereit, es mit dir zu versuchen. Meinen ›Aufnahmetest‹ hast du jedenfalls heute bestanden. Deine Antwort sollst du dir aber in Ruhe überlegen. Ich will sie frühestens in einer Woche von dir hören. Und jetzt erzähle mir noch, was für dich absolut tabu ist. Kapitalverbrechen kannst du weglassen. Die habe ich ohnehin nicht im Angebot.«

»Ich fürchte, ich weiß noch zu wenig von dem, was kommen könnte, um dir aufzuzählen, was nicht für mich in Frage kommt.«

»Stimmt. Mein Fehler.«

Sie legte ihr Klemmbrett weg und stellte sich vor den Käfig.

»Tja, was machen wir jetzt mit dem angebrochenen Nachmittag? Da Lüsternes ja noch nicht in Frage kommt ... Niedlich, wenn du so enttäuscht guckst. Wir könnten gemeinsam im Palmengarten spazierengehen. Das ist nicht weit von hier. Ich ziehe mir schnell etwas Dezenteres an.«

Sie verließ das Zimmer mit dem Klemmbrett. Kurz darauf kam sie mit einem leichten Sommerkleid zurück. Sie musterte ihn lächelnd.

»Ich fürchte, du mußt dir auch wieder etwas anziehen. Damit dir das leichter fällt, habe ich etwas mitgebracht, das dich schneller abkühlt.«

Erschreckt schrie er auf und wand sich, als sie ihm Eisspray auf den Bauch und zwischen die Beine sprühte. Seine Erregung fiel schlagartig in sich zusammen. Lachend befreite sie ihn von den Handschellen und öffnete die Käfigtür.

Verdacht

(Montag, morgens)

»Nanu? N' Morgen, Diana. So früh schon hier?«

»Guten Morgen, Karlheinz. Ich wollte mir mal anschauen, ob ihr wirklich schon ausgeschlafen seid, wenn ihr morgens hier ankommt.«

»Markus muß auch jeden Augenblick eintreffen. Der Aufzug war schon voll. Er kommt wohl mit dem nächsten.«

In diesem Moment ging die Tür zum Büro erneut auf.

»Moin Karlheinz. Das ist heute vielleicht ein Gedränge. Ich ... Oh! Guten Morgen, Diana. Auch schon hier?«

»Guten Morgen, Markus. Ich sehe schon, ihr habt morgens auch noch den Schlaf in den Augen, wenn ihr hier anfangt. Das beruhigt mich dann doch. Ich brauche jetzt erst einmal einen Kaffee. Soll ich euch einen mitbringen?«

Beide fanden die Idee gut. Als Kerber kurz darauf mit drei Kaffeebechern ins Büro kam, war ein weiterer Kollege zu Besuch.

»Freitag habt ihr echt was verpaßt«, erzählte der Kollege gerade, »Wir waren ja schon seit Donnerstag in dieser Bank. Von Minute zu Minute wurde klarer, daß die beiden Geschäftsführer sich systematisch die Taschen vollgestopft hatten. Gerade, als wir mit einem Haftbefehl für den stellvertretenden Geschäftsführer und seine Frau, diese Betriebsrätin auftauchten, machte offenbar in der Belegschaft das Gerücht die Runde, daß der Laden geschlossen würde. Mann, waren die stinkig. Die waren drauf und dran, das Büro dieses sauberen Herrn Schröder zu stürmen und ihn zu lynchen. Ich habe noch nie so aufgebrachte Banker gesehen. Mir war ehrlich gesagt nicht klar, wie wir die aufhalten sollen. In dem Moment drängt sich die Chefin der Steuerfahndung an mir vorbei, diese Frau Adler, und tritt dem vordersten der aufgebrachten Banker dermaßen zwischen die Beine, daß das Zuschauen schon wehgetan hat. Die ist vielleicht kraß drauf, sag ich euch. Meine Fresse. Aber es hat gewirkt. Der Mob hat sich verzogen – bis auf den einen Typen, der noch am Boden lag und sich gekrümmt hat. Dem hat sie dann sogar noch aufgeholfen. Aber das war 'ne Show. Das glaubt ihr nicht. Mir wird jetzt noch ganz anders, wenn ich an den Tritt denke. Uiuiui.«

Kerber hatte den Bericht von der Tür aus verfolgt und trat jetzt ins Büro. Sie reichte Gödel und Schneider je einen Kaffeebecher und lehnte sich mit ihrem an eine Wand.

»Gab es außer der ›Show‹ noch andere Erkenntnisse?«, fragte sie den Besucher.

»Oh. Tach auch. Sie sind diese Psychologin, gell? Hab' ich Ihren Platz besetzt?«

»Schon gut, Sie können ihn gerne noch weiter für mich anwärmen.«

»Danke, aber es macht mir nichts aus zu stehen. Wie gesagt, die Geschäftsführer hatten sich reichlich bedient. Seltsamerweise aber nicht über die Schwarzen Kassen, sondern über erfundene Berater und so'n Zeug. Offenbar gab es nicht viele Kontrollmechanismen. Die hätten das noch Jahre weitermachen können, ohne aufzufliegen. Die Schwarzen Kassen wurden erst geplündert, seit der Geschäftsführer verschwunden war. Genaugenommen sogar erst ein paar Tage später.«

»Vielleicht gab es bei den Schwarzen Kassen bessere Kontrollen«, überlegte Kerber.

»Könnte sein. Wahrscheinlich durch die Muttergesellschaft in England. ... So, ich muß dann mal weiter. Ihr bekommt demnächst noch einen offiziellen Bericht. Bis dann.«

Er huschte nach draußen.

»Habe ich euer Schwätzchen gestört?«

»Nein, Diana. Das war Max Walter vom Wirtschaftsdezernat. Der wollte uns bloß brühwarm die Aktion von Mathilda erzählen. Ich hatte schon im Aufzug davon gehört. Das dreht heute sicher noch ein paar Runden. Damit hat sie auf jeden Fall wieder ihren Ruf gefestigt, daß man sich besser nicht mit ihr anlegen sollte.«

»Wird das für sie ein Nachspiel haben?«

»Glaube ich nicht. Wie ich sie kenne, hat sie sich mit dem Banker bestimmt darauf geeinigt, daß er sich nicht beschwert und sie ihn nicht wegen versuchten Totschlags belangt. Offiziell wird es darüber keinen Bericht geben. Abgesehen davon wäre es wahrscheinlich ohnehin als Nothilfe durchgegangen.«

»Ziemlich kaltblütige Aktion.«

»So ist sie. Mir hat sie vor Jahren mit einer ähnlichen Aktion auch mal die Haut gerettet.«

»Erzähl doch mal«, kam es neugierig von Schneider.

»Ein anderes Mal vielleicht. Wir müssen noch einen Fall aufklären.«

»Die Informationen über die Unterschlagungen in der Bank waren interessant«, sinnierte Kerber. »Es hätte für unseren Hauptverdächtigen keinen Grund gegeben, aktiv zu werden. Er hätte weiterhin seinen Arbeitgeber ausplündern können. Herausgekommen ist es erst durch die Mordermittlungen. Ich fürchte, unsere Theorie über das Tatmotiv müssen wir wieder über den Haufen werfen. Vielleicht stimmt auch der Täter nicht.«

»Geld scheint weiterhin ein Motiv zu sein. Aber für wen? Es muß jemand gewesen sein, der die Hintergründe kennt. Jemand, der von den Schwarzen Kassen wußte.«

»Wenn es nur ums Geld ging, hätte der Täter seine Opfer nicht so grausam töten müssen. Selbst, wenn der Täter den Verdacht auf frühere Mitarbeiter hätte lenken wollen, wäre diese Todesart unnötig gewesen. Und auch zu umständlich. Es geht um Geld, aber auch um etwas Persönliches.«

Der schlaksige Experte von der Spurensicherung betrat das Büro. »Guten Morgen«, sagte er und blickte sich um.

»Guten Morgen, Herr Petri«, begrüßte Gödel ihn.

»Sie wollten doch wissen, wo die GPS-Tracker erstmals eingesetzt wurden. Das war auf dem Parkplatz einer gehobenen Gaststätte zwischen Frankfurt und Offenbach, am südlichen Mainufer. Die hatten am Tag der ersten Positionsaufzeichnung eine Feier des Managements der I2-Bank ausgerichtet. Alle drei Tracker wurden dort erstmals in Betrieb genommen.«

»Interessant. Das klingt nach einem Täter aus dem Management. Der Verdacht gegen den Geschäftsführer wird wieder stärker.«

»Ich glaube nicht, daß die Feier ein Geheimnis war. Es könnte auch jemand aus der Belegschaft der Bank gewesen sein. Ich kenne das Restaurant. Der Parkplatz ist öffentlich zugänglich«, wandte Kerber ein.

»Zu dem verschwundenen Geschäftsführer habe ich noch eine weitere Information für Sie. An seinem Wagen wurde vorher schon einmal ein GPS-Tracker angebracht. Zumindest deuten Klebstoffreste auf der Rückseite der Stoßstange darauf hin. Es war das gleiche doppelseitige Klebeband, wie bei den anderen Trackern. Allerdings war der Klebstoff stärker angetrocknet. Er muß mindestens zwei Wochen vorher angebracht worden sein.«

»Das heißt, er wurde schon vorher ausspioniert«, überlegte Gödel.

»Und zwar von der selben Person«, ergänzte Schneider.

»Warum dann ein zweites Mal?«

»Zur Ablenkung«, wandte Kerber ein. »Die drei GPS-Tracker wurden gleichzeitig gekauft. Vielleicht wollte der Täter nur von einem der Opfer die Adresse erfahren.«

»Dieser Täter muß mit allen Wassern gewaschen sein. Hat eigentlich die Spurensuche an dem ausgebrannten Lieferwagen etwas ergeben?«

»Ja«, sagte Petri, »aber es wird Ihnen nicht gefallen. Der Wagen hat nichts mit Ihrem Fall zu tun. Das Auto war bereits vor dem Ausbrennen kaum noch fahrtüchtig. Es gehörte einer kleinen Spedition, die kurz vor der Pleite steht. War wohl ein versuchter Versicherungsbetrug. Das verbrannte Plastik war von einem Benzinkanister, nicht von Folien.«

»Damit könnte der Geschäftsführer wieder vom potentiellen Täter zum Opfer werden. Mist, wir drehen uns im Kreis.«

»Tja, tut mir leid. Wenn wir noch was herausfinden, sage ich Bescheid.«

»Danke, Herr Petri.«

Als der Experte der Spurensicherung das Büro verließ, klingelte Gödels Telefon. Während des kurzen Gesprächs nickte er mehrfach.

»Ja, vielen Dank. Ich komme gleich mal vorbei.«

Er wandte sich Schneider und Kerber zu.

»Das war Dr. Stein. Er hat die Tote aus Usingen untersucht. Es war wohl Mord. Ich gehe runter und höre mir die Details an. Am besten kommt ihr mit.«

* * *

»Ich zeige Ihnen die Details diesmal besser auf Bildern. Die Leiche ist schon ziemlich verwest und stinkt furchtbar.«

Gödel und Schneider schauten sich verwundert an. Soviel Rücksicht nahm Dr. Stein normalerweise nicht.

»Das ist lieb von Ihnen«, bedankte sich Kerber mit einem Lächeln.

»Die Tote ist ertrunken. Und sie hat vorher einen Schlag auf den Kopf bekommen. Die Erklärung des Arztes, sie sei wohl in der Badewanne ausgerutscht, habe sich den Kopf angeschlagen und sei dann bewußtlos ertrunken, ist also durchaus plausibel. Bei genauerer Untersuchung ergaben sich allerdings Ungereimtheiten. Zwei ihrer Rippen sind angebrochen. Einer der Fingernägel ist abgebrochen und bei allen Fingern wurden die Fingernägel gereinigt, wahrscheinlich posthum.«

»Also ein Kampf? Der Täter wurde vielleicht gekratzt und hat der Toten die Fingernägel gereinigt, um Hautspuren darunter zu entfernen.«

»Danach sieht es für mich aus. Außerdem war die Kopfverletzung kaum geeignet, dem Opfer das Bewußtsein zu rauben. Für einen Augenblick benommen, wäre denkbar. Aber nicht stark genug, um zu ertrinken. Sie wurde kräftig unter Wasser gedrückt. Daher die angebrochenen Rippen. Außerdem war das Wasser in ihrer Lunge klar, also ohne Seife oder Badezusatz. Apropos Lunge. Nach dem Tod wurde sie wahrscheinlich noch einmal aus dem Wasser geholt und später wieder zurückgelegt. Möglicherweise war sie zum Zeitpunkt des Todes noch bekleidet, während man sie nackt in der Wanne gefunden hat.«

»Wie könnte der Täter sein Opfer überwältigt haben?«, überlegte Gödel. »Ein Überraschungsmoment könnte ihm nur helfen, wenn er mit dem Opfer bereits im Badezimmer war, als er angriff.«

»Ein Elektroschocker vielleicht«, schlug Schneider vor, der sich noch lebhaft an sein Wochenenderlebnis mit einem solchen erinnerte.

»Sehr gut«, lobte Dr. Stein ihn. »Das war auch meine Annahme. Der Zustand der Leiche ist zwar schon ziemlich schlecht, aber ich konnte paarweise auftretende, punktförmige Hautveränderungen finden. Seltsamerweise hauptsächlich an den Unterschenkeln.«

»Würden Sie auch noch etwas finden können, wenn der Schokker durch normale Kleidung hindurch benutzt worden wäre?«, wollte Kerber wissen.

»Nicht bei dem Verwesungsgrad der Leiche.«

»Dann habe ich eine Vorstellung, wie der Ablauf gewesen sein könnte. Der Täter hat das Opfer wahrscheinlich bereits an der Tür mit dem Elektroschocker überwältigt. Dabei entstand vermutlich die Prellung am Kopf. Anschließend schleppte er sie ins Badezimmer und ließ Wasser in die Wanne ein. Das Opfer hielt er dabei mit dem Schocker wehrlos. Dann drückte er die Frau unter Wasser. Sie hat sich gewehrt und gekratzt, woraufhin er den Schocker an den aus dem Wasser ragenden Beinen einsetzte.«

»Respekt, Frau Kerber. Das paßt exakt zu meinem Befund. Wie haben Sie sich das zusammengereimt?«

»So hätte ich es gemacht«, antwortete sie lächelnd.

»Ich hoffe, Sie wechseln nie die Seiten«, sagte Dr. Stein und zog eine Augenbraue hoch.

»Mich irritiert, daß dieser Mord eine andere Charakteristik hat, als die beiden anderen. Er ist genauso kaltblütig durchgezogen worden, aber er wurde nicht sorgfältig geplant. Und er hat nicht die Distanz des Täters zum Opfer. Die Tat sieht nach einem spontanen Wutausbruch eines Psychopathen aus. Eine Tat aus Leidenschaft, leidenschaftliche Wut.«

»Sie denken an eine Tat im Affekt?«

»Das sicher nicht. Die wenigsten Menschen schleppen ständig einen E-Schocker mit sich herum. Und völlig planlos war die Handlung ja auch nicht. Nein, ich denke schon, daß der Täter – oder die Täterin – bereits mit dem Vorsatz zum Opfer gekommen ist, dieses zu töten.«

»Eine betrogene Ehefrau vielleicht?«, führte Gödel den Gedanken weiter.

»Die ihren Ehemann mit einem GPS-Tracker auf die Schliche kam?«, ergänzte Schneider.

»Ich denke, wir statten Frau Metzger mal einen Besuch ab. Am besten gleich mit Durchsuchungsbefehl und Spurensicherung im Schlepptau. Markus, kannst du bei der Spurensicherung wegen den Auftraggebern des GPS-Fritzen nachforschen lassen, ob dort Frau Metzger einen einzelnen GPS-Tracker bestellt hatte? Wir brauchen etwas Konkretes, um den Durchsuchungsbefehl zu bekommen.«

Flucht

(Montag, mittags)

»Hier haben wir's«, triumphierte Schneider, als er ins Büro kam. »Franziska Metzger hat einen einzelnen GPS-Tracker bestellt und sich liefern lassen. Mit Auslesegerät übrigens. Deshalb brauchte sie kein zusätzliches bei der Dreierbestellung. Außerdem wurden in der Wohnung in Usingen DNA-Spuren von ihr gefunden. Haare. Die könnten zwar auch vom Beifahrersitz des Autos ihres Mannes stammen. Auf dem saßen voraussichtlich sowohl die Ehefrau als auch die Geliebte. Aber es ist zumindest ein zusätzliches Indiz.«

»Wunderbar. Dann besorge ich jetzt einen Durchsuchungs- und einen Haftbefehl. Trommel schon mal die Spurensicherung zusammen. Und einen Streifenwagen. Wenn es zu einer Verhaftung kommt, können Uniformierte sie ins LKA bringen.«

»Soll ich mitkommen? Oder braucht ihr mich jetzt nicht mehr?«

»Klar, Diana, komm mit. Vielleicht fällt dir im Haus der Verdächtigen etwas auf. Oder falls sie wider Erwarten gleich gesprächig werden sollte. Und beim Verhör hätte ich dich auch gerne dabei.«

Sie fuhren zum Haus der Metzgers. Ein Streifenwagen und zwei Autos der Spurensicherung begleiteten sie. Als sie in die Nobelwohnsiedlung einbogen, kam ihnen der rote Sportwagen von Frau Metzger entgegen.

»Verdammt«, schimpfte Schneider, der am Steuer saß. »Wir haben sie wohl gerade verpaßt.«

»Fahr ihr hinterher. Der Streifenwagen soll uns folgen. Die Spurensicherung kann sich zwischenzeitlich schon mal das Haus ansehen. Einen Durchsuchungsbefehl haben wir ja bereits.«

Während Schneider den Dienstwagen quietschend wendete, gab Gödel über Funk Anweisungen an die anderen Fahrzeuge. Der Streifenwagen wendete nun ebenfalls und schloß zu ihnen auf. Zwei Kreuzungen später sahen sie den Sportwagen wieder.

Schneider überholte und stoppte ihn, während der Streifenwagen ein Entkommen in die andere Richtung verhinderte. Frau Metzger machte allerdings keinen Fluchtversuch.

»Was ist denn los?«, fragte sie mit harmlosem Gesichtsausdruck.

»Wir müssen uns mit Ihnen unterhalten. Außerdem haben wir einen Durchsuchungsbefehl für ihr Haus.«

»Kein Problem. Ich fahre den Wagen wieder in die Garage.«

»Das machen wir schon. Die beiden freundlichen Herrn in Uniform bringen Sie ins LKA.«

Einer der Polizisten legte ihr Handschellen an und half ihr in den Fond des Wagens. Dann fuhren sie los.

»Ich fahre den Sportwagen zurück«, sagte Gödel grinsend. »Dann werfen wir noch einen kurzen Blick in das Haus, bevor die Spurensicherung es in aller Ruhe durchsucht und wir ins LKA zurückfahren, um Frau Metzger zu verhören.«

Sichtlich vergnügt stieg er in den roten Flitzer und fuhr los.

»Hoffentlich macht er nicht erst eine Spritztour«, witzelte Schneider, als er mit Kerber wieder in den Dienstwagen stieg.

»Schönes Auto«, schwärmte Gödel, als sie das Haus betraten. Die Spurensicherung hatte bereits die Tür geöffnet und mit der Arbeit begonnen.

»Es riecht komisch hier. Findet ihr nicht auch?«

Gödel sprach einen der Kollegen von der Spurensicherung an.

»Wir haben schon gelüftet«, erklärte dieser, »während Sie noch die Verdächtige verfolgt haben. Aus dem Heizungskeller strömte Gas aus. Wir haben die Gasversorgung in der ganzen Siedlung abschalten lassen. Die Leute vom Gaswerk kommen in Kürze. Die Abdeckung der Klingel war übrigens auch offen. So ein altes, elektromechanisches Teil, das beim Klingeln Funken verursacht. Wir haben sie stillgelegt. Hätten wir geklingelt, als wir hier ankamen, wäre uns die Bude wahrscheinlich um die Ohren geflogen. Vorsatz nachzuweisen, wäre hinterher allerdings schwierig geworden. Sie können jetzt gefahrlos im Haus herumlaufen. Fassen Sie aber möglichst nichts an, damit Sie keine Spuren verwischen.«

»Wo fangen wir an, Karlheinz?«

»Ich würde sagen, im Keller. Von dort arbeiten wir uns dann zügig nach oben.«

Zu dritt gingen sie die Kellertreppe des Hauses hinunter. Als sie in einen Hobbyraum kamen, verschlug es ihnen die Sprache. Die Wände waren holzgetäfelt. An einer Seite war eine stilvolle Bar eingerichtet. Die gegenüberliegende Wand war fast leer. Nur zwei lange Balken waren angelehnt. An der Decke, direkt an der Wand, waren mehrere massive Haken in der Decke verankert. Mehrere lange, stabile Metallschrauben ragten weit aus Dübeln heraus. Gödel trat an die Holzbalken heran.

»Die Löcher in den Balken passen zu der Anordnung der Schrauben. Ich nehme an, wir finden hier in der Nähe noch einen Flaschenzug oder etwas Ähnliches.«

Kerber zog sich Gummihandschuhe an und holte eine große Plastikflasche hinter der Bar hervor. Statt eines Schraubverschlusses hatte sie einen Schlauch, der durch eine Art Metallklemme geführt war. Kerber hielt die Flasche mit dem Verschluß nach unten und drückte gegen die Klemme, woraufhin etwas Wasser aus dem Schlauch kam.

»Hier ist noch so eine Konstruktion. Die müssen da drüben, oberhalb der großen Schrauben, angebracht gewesen sein. So konnten die beiden ersten Opfer trinken, indem sie den Bügel mit dem Mund wegdrückten.«

»Ob das diesmal Tropenholz ist?«, überlegte Schneider mit Blick auf die Wand.

»Ich denke schon«, antwortete Gödel und zeigte auf zwei leicht abgeschabte Stellen. »Hier dürfte sich das zweite Opfer den Splitter in die Ferse gerissen haben. Ich glaube, wir haben hier genug gesehen. Das ist jetzt ein Fall für die Spurensicherung. Die können dann auch gleich klären, ob der Splitter aus dem Fuß des Opfers mit der Holzverkleidung identisch ist. Ich glaube, das wird eine interessante Unterhaltung mit Frau Metzger.«

»Was hat hier gestanden?«, fragte Kerber und zeigte auf einen rechteckigen Abdruck auf dem Boden.

»Eine Kiste?«

»Schau mal, das hier könnte ein Metallspan sein.«

»Das könnte von einem Käfig sein. So ein Transportkäfig für große Hunde«, sinnierte Kerber.

»Du meinst, hier war das dritte Opfer drin?«

»Gut möglich. Wo kann es jetzt sein?«

»Die Nachbarn müßten doch eigentlich den Lieferwagen gesehen haben, wenn die Opfer von hier aus abtransportiert wurden. Markus, frag doch mal in der Nachbarschaft herum. Diana und ich sehen uns den Rest des Hauses an.«

* * *

Als sie sich wieder trafen, grinste Schneider.

»Die Nachbarn haben tatsächlich etwas gesehen. Einen weißen Lieferwagen mit irgend einer kleinen, blauen Schrift drauf. Der ist hier weggefahren, kurz bevor wir kamen.«

»Dann haben wir zwei Täter. Und das dritte Opfer wird wohl gerade abtransportiert.«

»Ob er noch gelebt hätte, wenn wir früher auf Frau Metzger gekommen wären?«, überlegte Schneider unbehaglich.

»Ich würde keine Wette darauf abschließen, daß das dritte Opfer bereits tot ist«, wandte Kerber ein.

Die beiden Beamten schauten sie fragend an.

»Wenn das im Keller wirklich ein Käfig war, wurde wahrscheinlich Metzger von seiner Frau darin eingesperrt. Die Balken sahen aus, als wären sie nicht gerade erst abgebaut worden. Ich glaube, für ihn hatte die Ehefrau andere Pläne. Fragen wir sie doch einfach.«

Sie fuhren ins LKA zurück. Verwundert erfuhren sie, daß der Streifenwagen noch nicht eingetroffen sei. Sofort leiteten sie eine Suche nach ihm ein.

»Gräfenhausen«, sagte Gödel, nachdem er einen Anruf entgegengenommen hatte. »Der Streifenwagen ist auf dem Autobahnparkplatz Gräfenhausen gefunden worden. Von den beiden Beamten fehlt bisher jede Spur. Die Spurensicherung muß heute Überstunden machen, fürchte ich.«

»Hier kommt gerade eine Meldung per EMail rein«, unterbrach Schneider ihn. »Die Beamten waren in einer Unfallklinik. Einer ist leicht, der andere schwer verletzt. Der Leichtverletzte müßte jeden Moment bei uns auftauchen.«

Wie auf Stichwort erschien einer der beiden Uniformierten in der Tür des Büros. Er sah ziemlich mitgenommen aus und hatte einen Kopfverband. Nachdem er sich gesetzt hatte, schilderte er das Geschehen.

»Erst lief alles ganz normal. Wir waren erst ein paar Kilometer gefahren, als die Verdächtige sagte, sie müsse dringend auf die Toilette. Wir sagten ihr, daß sie warten müsse, bis wir im LKA seien. Schließlich sind wir keine Anfänger. Kurz darauf stank es im Wagen. Die Frau hat einfach losgepinkelt. Wir haben dann doch auf einem Rastplatz gehalten und die Frau erst einmal aus dem Wagen geholt. Das schien uns ungefährlich, da sie ja Handschellen anhatte. Sie fing an, meinen Kollegen anzurempeln und anzuspucken. Als ich ihm zu Hilfe kommen wollte, trat sie plötzlich gezielt zu. So etwas habe ich bisher nur in Kungfu-Filmen gesehen. Meinen Kollegen hat sie fast umgebracht. Und auch ich habe mir einige Rippenbrüche und eine Kopfverletzung eingefangen. Nach dem Treffer am Kopf habe ich das Bewußtsein verloren. Als ich wieder aufwachte, waren die Schlüssel für die Handschellen, unsere Dienstwaffen und der Wagen weg. Außerdem waren wir mit unseren Handschellen jeweils an den Füßen des anderen gefesselt. Mein Kollege hat eine Schußverletzung in der Brust. Keine Ahnung, wie es dazu kam. Glücklicherweise wurden wir von einem Bundeswehrsanitäter gefunden, der die Wunde gleich versorgen konnte. Sonst wäre der Kollege jetzt tot. Sein Zustand ist allerdings immer noch kritisch.«

»Hier kommt schon wieder was rein, Karlheinz. Bei Mannheim wurde ein Ehepaar aus dem Kofferraum ihres Wagens gerettet. Sie waren von einer Frau mit vorgehaltener Waffe auf dem Parkplatz Gräfenhausen überfallen worden. Sie mußten in den Kofferraum ihres Autos steigen. Mehr wissen sie nicht. Die Beschreibung paßt auf Frau Metzger. Ich gebe jetzt die Fahndung raus.«

Gödel bedankte sich bei dem verletzten Polizisten, der aus dem Büro schlurfte. Nachdem die Großfahndung veranlaßt war, konnten sie erst einmal nichts tun.

»Wenn sie jetzt nach Süden unterwegs ist, wird das allmählich ein Fall fürs BKA.«

»Ich glaube nicht, daß sie nach Süden fährt. Wahrscheinlich eher nach Norden. Sonst hätte sie das Ehepaar nicht auf einer Autobahnraststätte Richtung Süden freigelassen. Ich frage mich, wie sie jetzt flieht. Vielleicht wurde sie von ihrem Mittäter abgeholt. Wer das wohl ist? Hatte sie auch einen Geliebten? Unwahrscheinlich. Dann wäre sie nicht so wütend auf ihren Mann gewesen.«

»Zumindest hast du sie von Anfang an durchschaut, Diana. Du wußtest gleich, daß sie uns etwas vorspielte, als wir sie das erste Mal befragten.«

»Ein echter Trost ist das aber auch nicht. Außerdem, wenn jede Frau, die etwas vorspielt, auch automatisch eine Gattenmörderin wäre, gäbe es schon lange keine Männer mehr auf der Erde. Daß sie Tae-Kwon-Do kann, ist mir leider auch erst hinterher wieder eingefallen. Wenn die beiden Polizisten das gewußt hätten ...«

»Mist, jetzt haben wir endlich eine dringend Tatverdächtige, und was passiert? Sie schafft es, uns zu entwischen.«

»Reg dich ab, Markus. Nur selten schafft es jemand, einer großangelegten Fahndung zu entwischen. Wir bekommen sie schon.«

»Die Flucht war zwar improvisiert«, mischte Kerber sich ein, »aber sie und ihr Mittäter wollten sich ohnehin absetzen. Sie hatten also bereits etwas vorbereitet. Es würde mich wundern, wenn sie bei einer Polizeikontrolle erwischt würden.«

»Du siehst aus, als hättest du trotzdem eine Idee, wie wir sie finden können.«

»Stimmt. Sie werden sicher nicht zu einem Ort fahren, den man mit ihnen in Verbindung bringt. Dazu war bisher alles zu gut geplant. Es muß also ein Ort sein, an dem sie bisher nur selten waren. Und wenn man heutzutage eine unbekannte Route fahren muß ...«

»... benutzt man ein Navigationsgerät«, ergänzte Gödel. »In dem Sportwagen war eine Halterung für ein mobiles Navi. Mitnehmen konnte es Frau Metzger bei ihrer Verhaftung nicht. Es müßte also noch im Auto sein.«

Er griff zum Telefonhörer und sprach mit der Spurensicherung.

»Sie haben ein Navi im Auto gefunden. Frau Metzger hatte es offenbar unter den Beifahrersitz geworfen, als wir sie anhielten. Ärgerlicherweise ist es mit einem Code geschützt. Es wird einige Zeit dauern, den herauszufinden. Außerdem besteht die Gefahr, daß das Navi alle Einstellungen löscht, wenn man versucht, es mit Gewalt zu entsperren. Die Spurensicherung klärt das gerade mit dem Hersteller des Gerätes. Eventuell haben die sogar eine Möglichkeit, es mit einem Mastercode zu entsperren. Wir müssen also erst einmal warten.«

»Wenn wir die Adresse haben, sollten wir gleich mit dem SEK dort anrücken. Noch einmal werden wir uns nicht von ihr überrumpeln lassen. Außerdem hat sie die Dienstwaffen der beiden Polizisten. Es könnte also häßlich werden, wenn wir dort auftauchen.«

Kapitel 5

Heiße Spur

(Dienstag, morgens)

»Haben sich die Jungs von der Spurensicherung schon gemeldet?«

»Nein, Karlheinz. Ich habe schon mal angefangen, mögliche Verstecke von Frau Metzger herauszusuchen, falls sie sich doch nicht so umsichtig verhält, wie Diana vermutete.«

»Apropos Diana. Wo ist sie eigentlich? Das war ihr gestern wohl doch zu früh.«

»Was schaust du mich so an? Ich weiß auch nicht, wo sie ist.«

»Hätte ja sein können«, sagte Gödel mit einem Augenzwinkern.

Schneider zog es vor, sich statt einer Antwort seinem Computer zuzuwenden.

»Du würdest mir doch erzählen, wenn zwischen euch etwas läuft, oder?«

»Ganz bestimmt nicht«, antwortete Schneider, ohne von seinem Bildschirm aufzuschauen.

* * *

»Guten Morgen Jungs.«

»Morgen, Diana.«

»Hallo Diana. Na, ausgeschlafen?«

»Ja, Karlheinz. Danke der Nachfrage. Ich denke, es ist besser, wenn ich ausgeschlafen bin, bevor ich herkomme. Auf dem Weg hierher ist mir auch gleich noch was eingefallen. Hat sich bei euch denn schon was ergeben? Was sagen die Spezialisten von der Spurensicherung?«

»Die sind noch am Navi dran. Ich habe mögliche Verstecke unserer Flüchtigen herausgesucht. Außer einem Ferienhaus der Metzgers auf Rügen, das jetzt beobachtet wird, konnte ich nichts ausfindig machen. Dort ist bislang niemand aufgetaucht. Aber damit rechnen wir ja auch nicht. Was ist denn mit deiner Idee?«

»Eigentlich sind es zwei. Zum einen könnte das Versteck zu einem der ersten beiden Opfer gehören. Also eine Gartenhütte oder besser ein geerbtes Haus oder etwas Ähnliches. Der zweite Punkt ist, daß wir zwar ein Motiv für den Mord an der Frau aus Usingen und die Entführung des Geschäftsführers haben. Bei den beiden ersten Opfern fehlt dieses Motiv aber noch immer. Da wir jedoch mindestens zwei Täter haben, wie wir inzwischen annehmen, gibt es vielleicht ein Motiv des zweiten Täters für die beiden anderen Morde. Verdächtige hatten wir für die ja reichlich. Es muß aber auch eine Verbindung zwischen den Tätern geben. Wer von den Verdächtigen kannte Frau Metzger? Und woher?«

»Du meinst, beispielsweise einer der entlassenen Mitarbeiter könnte sie kennen?«, überlegte Schneider.

»Möglich, aber ziemlich unwahrscheinlich«, warf Gödel ein.

»Wirklich? Ich könnte mir gut vorstellen, daß sich der Geschäftsführer und sein Personalchef gelegentlich auch privat getroffen haben, eventuell mit Ehefrauen.«

»Du denkst an Webers Ex-Frau?«

»Genau die. Bei ihrem früheren Mann hatte sie ein klares Motiv. Und ich denke, daß der Betriebsrat, insbesondere der Vorsitzende, ihr bei den Auseinandersetzungen eher in den Rücken gefallen ist, als ihr zu helfen. Bei offensichtlichem Mobbing durch ein Mitglied der Geschäftsleitung hätte der Betriebsrat einige Möglichkeiten, auch auf dem Klageweg. Für sich genommen wäre das vielleicht ein schwaches Motiv, aber wenn man alles zusammen nimmt, könnte da schon etwas dran sein. Das ist jetzt aber nicht viel mehr, als eine Idee. Wie können wir feststellen, ob es wirklich eine Verbindung gibt?«

»Damit verzetteln wir uns«, warf Gödel ein. »Nicht, daß ich deine Idee schlecht finde, aber es gibt Unmengen potentieller Verbindungen. Und selbst, wenn wir welche fänden, würde das gar nichts beweisen. Bleiben wir einfach mal bei deiner Hypothese und überlegen, welche Ansatzpunkte sich für uns daraus ergeben.«

»Hat sie eine Zweit- oder Ferienwohnung?«

»Oder kennt sie eine von ihrem Ex-Mann? Das war ja ohnehin meine andere Idee.«

»Wenn jemand eine angemeldete Zweitwohnung hat, dann weiß es das Finanzamt«, sagte Gödel und griff zum Telefon.

»Hallo Mathilda, wie läuft es denn so? Seid ihr mit der I2-Bank schon durch? ... Na das ist doch prima. ... Ja, deine jüngste Heldentat war gestern morgen schon im Flurfunk zu hören. ... Das dachte ich mir schon. Ist das Beste für alle Beteiligten. ... Stimmt. Du hast mich durchschaut. Ich möchte wissen, ob unsere Opfer oder eine der Verdächtigen irgendwo einen Zweitwohnsitz haben. Du hast sicher schon gehört, daß uns gestern ... Ja, genau. Schlimme Sache, das. ... Ja, die Namen sind Thomas Glück, Udo Weber und Sabrina Schreier. Letztere eventuell auch unter Sabrina Weber. ... Danke dir.«

Er legte den Telefonhörer wieder auf.

»Die I2-Bank bekommt von der Finanzaufsicht kommissarisch einen Geschäftsführer gestellt. Ob sie abgewickelt wird, steht noch nicht fest. Die Unregelmäßigkeiten scheinen sich auf einen relativ kleinen Kreis um den vermißten Geschäftsführer zu konzentrieren. Auf jeden Fall wird es eine kräftige Steuernachzahlung geben. Mathilda ist sehr zufrieden.«

»Und ihr Husarenstück bleibt folgenlos, nehme ich an.«

»So ist es, Diana.«

»Von Herrn Petri kam vorhin eine EMail herein. Er hofft, das Navi in der nächsten halben Stunde geknackt zu haben. Soll ich schon mal beim SEK anrufen?«

»Gute Idee. Aber laß noch offen, wann es losgeht. Manchmal sind die Jungs von der Spurensicherung bei Zeitschätzungen zu optimistisch. Ich gehe gerade mal einen Kaffee holen.«

Kaum hatte er das Zimmer verlassen, klingelte sein Telefon.

»Schneider Apparat Gödel. ... Ja, Frau Adler, genau der. ... Das ging aber schnell. ... Ja, Moment, ich notiere. ... Ja, das habe ich. Vielen Dank. ... Ja, richte ich ihm aus.«

Schneider war noch dabei, Gödels Telefonhörer aufzulegen, als dieser mit seinem Kaffee das Büro betrat.

»Deine Freundin hat angerufen. Udo Weber hat eine Jagdhütte. Die Adresse habe ich aufgeschrieben. Ich soll dir ausrichten, daß sie es anschreiben würde, was immer sie damit meint.«

»Ich denke, ich werde sie demnächst mal zum Mittagessen einladen. Wo ist denn die Jagdhütte?«

»Im Knüll. In der Nähe eines Kaffs namens Schwarzenborn.«

»Blackborn City? Packt schon mal die Glasperlen für die Eingeborenen ein. Das ist Hessisch Sibirien.«

»Du kennst das Kaff?«

»Ja, leider. Da habe ich die ersten drei Monate meines Wehrdienstes verbracht. Das ist eine Ewigkeit her. Ich hätte nicht gedacht, daß ich noch mal in die Nähe dieses Ortes komme.«

Eine Stunde später klingelte sein Telefon erneut.

»Gödel. ... Hallo Herr Petri. Haben Sie die letzte Route aus dem Navi herausbekommen können? ... Das ist ja interessant. Ja, danke. Ich fürchte, Sie oder Kollegen von Ihnen werden uns dorthin begleiten müssen. Diesmal aber mit dem SEK. Ich gebe Ihnen Bescheid, wenn es losgeht. Bis dann.«

»Tja, Markus, du kannst jetzt beim SEK anrufen. Die letzte Adresse im Navigationssystem von Frau Metzger ist ganz in der Nähe von Schwarzenborn. Sieht aus, als hätten wir sie.«

Die Fahrt ins Knüll war langwierig und langweilig. Eine ganze Fahrzeugkolonne begleitete sie, zwei Wagen des SEKs und einer der Spurensicherung. Schließlich fuhren sie durch das kleine Städtchen Schwarzenborn.

»Sieht ziemlich trostlos aus«, kommentierte Kerber.

»Ja. Es scheint sich seit meiner Bundeswehrzeit nicht viel verändert zu haben.«

»Warst du hier im Ort stationiert?«

»Nein, die Kaserne lag einige Kilometer weiter in einem bewaldeten Gebiet. Ob sie noch immer dort ist, weiß ich nicht.«

Sie verließen den Ort und folgten der Straße in einen Wald. Rechts und links der Landstraße waren Zäune mit der Aufschrift ›Militärisches Sperrgebiet – Betreten verboten!‹.

»Sind das da Überwachungskameras?«, fragte Markus und zeigte auf kleine Kästen, die hinter den Zäunen an Bäumen befestigt waren.

»Keine Ahnung. Zu meiner Zeit waren die noch nicht in Mode. Da links ist ja die Einfahrt zur Kaserne. Die scheint es also noch immer zu geben.«

Sie folgten der Straße weiter, die sich durch den Wald schlängelte. Links hatte der Zaun aufgehört, während rechts der Straße noch immer militärisches Sperrgebiet war. Schließlich bog eine kleine Straße, kaum mehr als ein Waldweg, nach links ab. Der Konvoi nahm diese Abzweigung. Die Straße ging in einen aufgeschütteten Weg über und endete schließlich, als ein Holzhaus in Sicht kam. Die Fahrzeuge hielten an, sobald das Haus zu sehen war.

Die Männer vom SEK verließen ihre Fahrzeuge. Mit ihren schwarzen Helmen, Schilden und den dicken, kugelsicheren Jacken wirkten sie wie Krieger einer finsteren Macht aus einem Fantasy-Film. Langsam rückten sie auf das Haus vor. Nur fünf Männer blieben bei den Einsatzwagen. Gödel, Schneider und Kerber gingen zu ihnen hinüber. Ein scharfer Knall ließ sie zum Einsatzkommando schauen. Einer der Männer lag auf dem Boden. Die anderen gingen in Deckung. Zwei zogen ihren getroffenen Kameraden zu den Fahrzeugen. Dort angekommen nahmen sie ihm den Helm ab. Er war bei Bewußtsein, aber kalkweiß im Gesicht. Das Geschoß mußte ihn am Unterschenkel getroffen haben. Die Wunde blutete allerdings kaum.

»Er hat einen Schock«, sagte Kerber und half, den Verletzten mit den Beinen nach oben zu legen.

Sein Hosenbein wurde aufgeschnitten. Die Eintrittswunde war klein, auf der gegenüberliegenden Seite gab es allerdings eine ziemlich große Verletzung. Allmählich blutete die Wunde stärker und das Bein mußte abgebunden werden. Kerber redete beruhigend auf den Verletzten ein.

»Was verursacht denn solch eine Verletzung?«, fragte Schneider mit Blick auf das durchschossene Bein.

»Jagdmunition«, antwortete Gödel und wandte sich an den Leiter der Spezialeinheit. »Ich fürchte, sie schießt absichtlich auf die Beine, weil sie sieht, daß Ihre Leute gepanzert sind. Wahrscheinlich hat sie ein Jagdgewehr aus der Hütte und schießt mit Teilmantelgeschossen.«

»Schon gesehen«, antwortete der Einsatzleiter gereizt und gab den Hinweis per Funk an die anderen.

»Schnappt sie euch«, wies er zwei der am Fahrzeug verbliebenen Männer an.

Diese nahmen sich futuristisch aussehende Gewehre aus dem Einsatzwagen und liefen geduckt in den Wald.

»Wissen Ihre Scharfschützen denn, woher die Schüsse kamen?«

»Nicht aus der Hütte. Dann wäre er hier nicht seitlich am Bein getroffen worden.«

Ein weiterer Schuß war zu hören. Glas splitterte.

»Verdammt. Sie schießt auf unsere Fahrzeuge. Das war wohl Ihr Dienstwagen. Am besten kommen Sie alle ins Einsatzfahrzeug. Das ist leicht gepanzert.«

»Leicht?«, fragte Kerber mit einer hochgezogenen Braue.

»Keine Sorge. Solange niemand mit einem Maschinengewehr oder panzerbrechender Munition auf uns schießt, sind wir sicher.«

Sie schlossen die Tür auf der Rückseite des Wagens.

»Ziel ausgemacht«, kam es aus dem Lautsprecher.

»Schießen nach eigenem Ermessen«, antwortete der Einsatzleiter knapp.

Zwei Schüsse fielen kurz hintereinander. Sie hörten sich anders an, als die vorangegangenen. Eher wie das zu laut geratene Brechen eines Astes. Wieder ertönte ein scharfer Knall. Aus dem Lautsprecher war ein erstickter Schrei und ein leiser werdendes Röcheln zu hören. Alle Insassen des Wagens schauten sich erschreckt an. Der nächste Schuß durchschlug den Einsatzwagen und zerstörte das Funkgerät.

»Verdammt«, fluchte der Einsatzleiter und rannte zum nächsten Einsatzwagen.

»Sieht aus, als hätte sie auch panzerbrechende Munition«, kommentierte Gödel trocken.

»Ich werde jedenfalls nicht hier auf dem Präsentierteller sitzenbleiben«, sagte Kerber und zog Jacke und Hose aus. Darunter trug sie eine eng anliegende, schwarze Lederkombination. Ihre wallende, schwarze Mähne bändigte sie mit zwei Haargummis. Dann stürmte sie aus dem Wagen.

»Diana, bleib hier. Bist du verrückt?«

Schneider schaute ihr entsetzt hinterher. Zuerst wollte er ihr nachlaufen, doch er hatte sie bereits aus den Augen verloren.

»Runter mit dir!«, fauchte Gödel ihn an und riß ihn hinter dem Fahrzeug in Deckung. »Ich weiß nicht, was Diana drauf hat. Aber du bist jedenfalls kein kugelsicherer Arnold Schwarzenegger. Laß uns zum anderen Wagen laufen. Immer schön geduckt. Wir sollten denen sagen, daß Diana jetzt auch da draußen ist. Sonst erschießen die SEK-Jungs sie noch.«

Sie rannten zum anderen Wagen und informierten den Einsatzleiter.

»Die ist wohl völlig bekloppt«, murmelte er, bevor er seine Leute über das Funkgerät des zweiten Wagens informierte. »Wo ist sie überhaupt? Und wie will sie den Heckenschützen unschädlich machen? Frauen!«

Offene Fragen
(Dienstag, nachmittags)

»Einer eurer Scharfschützen ist tot«, klang Kerbers Stimme aus dem Lautsprecher des Einsatzwagens. Ein Lämpchen zeigte an, daß sie das Helmmikrophon des Scharfschützen benutzte. »Kopfschuß durch das Helmvisier. Ich leihe mir mal sein Gewehr. Bis später.«

Danach war der Lautsprecher wieder stumm.

»Einheit Eins vorsichtig zur Hütte vorarbeiten«, wies der Einsatzleiter über Funk an.

Eine Helmkamera zeigte, wie die Männer umsichtig vorrückten. Durch eins der Fenster des Jagdhauses war ein gelber Kanister zu erkennen.

»Sagen Sie Ihren Männern«, mischte Gödel sich ein, »daß sie dieses Fenster sichern sollen, sobald sie es erreichen. Ich nehme an, das dritte Opfer ist noch immer in der Hütte gefangen. Sie würde gleich zwei Fliegen mit einer Klappe schlagen, wenn sie das Haus in Brand schießen könnte, sobald Ihre Männer es betreten haben.«

Der Einsatzleiter nickte und gab die Information weiter.

»Ich möchte bloß wissen, wo sich Ihre Kollegin herumtreibt. Wenn sie das überlebt, kann sie sich jedenfalls auf ein Disziplinarverfahren gefaßt machen. Irrsinn so etwas.«

»Ein Disziplinarverfahren wird sie nicht beeindrucken. Sie ist freiberufliche Beraterin.«

»Auch das noch.«

»Verdammt, was ...«, ertönte es aus dem Lautsprecher. Das Lämpchen für das Mikrophon des zweiten Scharfschützen leuchtete dabei auf. »Lassen Sie gefälligst meinen Helm los. Oh Mann, ich hätte fast einen Herzkasper bekommen. Wo kommen Sie den plötzlich her?«

»Still jetzt. Und nicht bewegen«, hörten sie Kerbers Stimme etwas leiser über dasselbe Mikrophon. »Sie hat Sie im Visier, wenn Sie Ihren Kopf noch fünf Zentimeter heben. Bleiben Sie unten. Wenn ich Ihnen ein Zeichen gebe, wedeln Sie mit dem Ast im Laub herum, damit sie in Ihre Richtung schaut. Aber schön unten bleiben dabei.«

»Die ist doch nicht ganz dicht«, kam es mit einer Mischung aus Ungläubigkeit und Bewunderung aus dem Lautsprecher. Stille. Ein Rascheln kam über Funk, gefolgt vom trockenen Knall des Scharfschützengewehrs.

»Das war's dann«, hörten sie Kerber sagen, »Danke fürs Ablenkungsmanöver. Das Gewehr nehmen Sie besser an sich. Ich gehe mal nachschauen, wer in der Hütte ist.«

Jetzt zeigte die Helmkamera des ersten Teams Kerber, die auf die Hütte zulief. Sie schaute zuerst durch eine Seitenscheibe und ging dann zur Tür.

»Nicht hier hinein. Von der Tür geht ein Seil weg. Wahrscheinlich eine Falle«, rief sie dem Kommando zu.

Mit einem Stein warf sie eine Scheibe ein, griff hindurch und öffnete das Fenster. Elegant schwang sie sich hinein. Dann öffnete sie von innen die Tür.

»Vorsicht. Hier stehen ziemlich viele Kanister herum, die sicher nicht mit Apfelschorle gefüllt sind.«

Das Einsatzteam betrat die Hütte. In einer Ecke stand ein Transportkäfig für große Hunde. Der Geschäftsführer der I2-Bank saß nackt darin und starrte sie mit panisch aufgerissenen Augen an.

»Eure Party«, sagte Kerber und verschwand aus dem Blickfeld der Kamera.

Der Einsatzleiter baute sich vor Kerber auf, als sie zu den Fahrzeugen zurückgelaufen kam.

»Verdammt, was haben Sie sich dabei gedacht? Sie haben wohl zu viele Rambo-Filme gesehen. Ich hätte nicht übel Lust, Ihnen auf der Stelle den Hintern zu versohlen.«

»Sie können es ja mal versuchen«, antwortete Kerber lachend.

»Aber auf Ihre Verantwortung. Außerdem, worüber beschweren Sie sich eigentlich? Hätten Sie lieber noch ein paar von Ihren Leuten verloren?«

»Sie hatten deutlich mehr Glück als Verstand!«

»Von mir aus. Wenn es Sie glücklich macht, dann glauben Sie das.«

Sie ließ den Einsatzleiter stehen, ging zum ersten Einsatzwagen des SEK, klopfte sich den Waldboden von ihrem Lederdreß und zog sich wieder vollständig an. Mit ihrem Handy führte sie ein kurzes Gespräch. Der unverletzte Scharfschütze kam heran.

»Haben Sie das gesehen?«, fragte er seinen Einsatzleiter und zeigte auf Kerber. »Die Frau sollten wir in unser Team aufnehmen. So etwas habe ich noch nie gesehen. Ich dachte, das gibt's nur im Kino.«

»Was meinen Sie?«, fragte er Einsatzleiter unwirsch.

»Die war wie ein Schatten unterwegs, fast unsichtbar. Und der Schuß, fast ohne zu zielen. Wo lernt man so etwas?«

Kerber kam wieder zu ihnen.

»Ich könnte es Ihnen verraten«, antwortete sie mit einem Lächeln auf die letzte Frage, »aber dann müßte ich Sie erschießen.«

Dann wurde sie wieder ernst.

»Ihren Verletzten sollten Sie zur Bundeswehrkaserne bringen, damit er gleich richtig versorgt werden kann. Sonst haben Sie neben Ihrem Scharfschützen noch einen weiteren Toten.«

Der Leichnam von Frau Metzger wurde von zwei Polizisten der Spezialeinheit zu den Fahrzeugen gebracht. Zwei weitere SEK-Männer trugen den Geschäftsführer auf einer Trage heran.

»Ist er verletzt?«, wollte Gödel wissen.

»Soweit wir sehen konnten, nein. Aber laufen kann er auch nicht.«

»Wir nehmen ihn in unserem Dienstwagen mit.«

»Apropos Dienstwagen«, mischte Kerber sich ein, »gibt es hier stabiles Klebeband? Wir müssen ein Seitenfenster notdürftig flikken.«

Sie fuhren mit dem völlig verängstigten Friedrich Metzger zurück Richtung Wiesbaden. Er zitterte ununterbrochen und schaute unstetig in alle Richtungen.

»Ich glaube, wir werden unseren Passagier erst einmal in besondere Obhut geben müssen. Kannst du in Frankfurt bei der Uni-Klinik vorbeifahren, Markus?«

»Ich würde ihn vorher gerne befragen. Wir wissen noch immer nichts Genaues über den zweiten Täter.«

»Das wird nichts, Karlheinz. In seinem Zustand bekämst du ohnehin keine verläßliche Auskunft. Er ist extrem traumatisiert und muß in psychiatrische Behandlung.«

»Kannst du das nicht übernehmen?«

»Ich bin Psychologin, keine Psychiaterin. Das ist ein Unterschied.«

»Nach deiner Vorstellung vorhin scheinst du noch einiges mehr zu sein. War das eigentlich ernst gemeint, daß du nicht verraten darfst, wo du das gelernt hast.«

»Macht euch darauf gefaßt, in dieser Sache einen Maulkorb von eurem Chef zu bekommen. Meine Aktion wird nicht über den Flurfunk verbreitet. Mehr sage ich dazu nicht.«

Sie lieferten Friedrich Metzger in der Psychiatrie des Frankfurter Uni-Klinikums ab und fuhren ins LKA zurück. Noch bevor sie ihr Büro betreten konnten, wurden sie zum Leiter der Mordkommission gerufen.

»Nur ganz kurz«, kam Kriminaloberrat Schönfeld sofort zur Sache, »Franziska Metzger wurde vom SEK erschossen. Sie drei haben in einem Einsatzwagen des SEK gewartet, bis Herr Metzger befreit wurde. Alles klar?«

Gödel und Schneider schauten sich an, zuckten mit den Schultern und nickten schließlich.

»Natürlich«, antwortete Kerber für sie.

»Das war alles. Sie können wieder an die Arbeit.«

»Der Chef sah ziemlich verärgert aus«, meinte Schneider. »Auf uns kann der doch eigentlich nicht sauer sein.«

»Ich nehme an, es stinkt ihm, eine Anweisung zu bekommen, die er selbst nicht versteht«, mutmaßte Kerber.

»Du meinst, er weiß gar nicht, was tatsächlich passiert ist?«

»Davon gehe ich aus.«

»Ein bißchen unheimlich bist du mir jetzt schon«, sagte Gödel, als sie zu dritt im Büro eintrafen.

Die Art, wie Schneider sie ansah, schien das Gleiche zu sagen.

»Laßt euch deshalb nicht den Schlaf rauben. Das hat schon alles seine Richtigkeit. Auch wenn es Dinge gibt, die euch verschlossen bleiben. Wir haben übrigens noch ein Problem. Den zweiten Täter oder die Täterin. Ist euch aufgefallen, daß es bei der Hütte keinen Wagen gab?«

»Der Mittäter muß die Metzgers also dort abgesetzt haben. Aber warum? Eigentlich hätten die Täter auf die Idee kommen müssen, daß das Navi ihr Versteck verraten würde.«

»Ich denke, das war ihnen klar. Für mich sah es aus, als hätte Frau Metzger es darauf angelegt, erschossen zu werden. Auch wenn sie wahrscheinlich geplant hatte, viele andere mit in den Tod zu nehmen, ihren Mann eingeschlossen. Ihre Tarnung war mit der Verhaftung aufgeflogen. Es gab für sie kein Zurück mehr.«

»Aber wer ist der zweite Täter? Die Ex-Frau von Udo Weber, die du in Verdacht hast? Wie sollen wir das beweisen – falls sie es tatsächlich ist?«

»Ich vermute, daß Frau Metzger nicht der Kopf hinter den Taten war. Zumindest nicht bei den gut geplanten und vorbereiteten. Sie war kaltblütig und skrupellos, eine Psychopathin, soweit sich das nachträglich beurteilen läßt. Aber ihre Aktionen haben uns überhaupt erst auf ihre Spur gebracht. Die Ermordung der Geliebten ihres Mannes war vielleicht gut improvisiert, aber nicht so minutiös geplant, wie die anderen Taten. Wahrscheinlich war es auch nicht mit dem anderen Täter abgesprochen.«

»Nehmen wir mal an, Diana, du hast recht. Dann verstehe ich nicht, warum der Planer hinter den Taten sich überhaupt auf Franziska Metzger als Mittäterin und Mitwisserin einließ. Warum führte er die Taten nicht alleine durch? Warum ging er das Risiko ein, durch einen nicht kontrollierbaren Mittäter entlarvt zu werden?«

»Vielleicht konnte der Täter die Tat nicht alleine durchführen«, stimmte Schneider in die Überlegungen ein. »Frau Metzger ist – pardon, war – kräftig und durchtrainiert. Und sie hatte Vermögen. Erinnert ihr euch noch an die Werbeagentur? 6000 Euro kostete alleine die Folie für den Lieferwagen. Das konnte Frau Metzger wahrscheinlich aus der Portokasse bezahlen. Nehmen wir Sabrina

Schreier als Verdächtige. Sie ist schmächtig und wirkt eher zerbrechlich als durchtrainiert. Daß sie nach dem Jobwechsel plötzlich zu Geld gekommen ist, kann ich mir auch nicht vorstellen. Moment mal, das wäre doch was für deine Mathilda, Karlheinz.«

»Sie ist zwar nicht ›meine‹ Mathilda, aber du hast recht. Ich kann sie ja mal fragen. Wobei mir einfällt, daß die Täter sich an den schwarzen Kassen bedient haben. Eventuell ist Frau Schreier inzwischen wohlhabend. Wir sollten sie auf die No-Fly-Liste setzen. Kannst du das mal machen, Markus? Sicher ist sicher. Ich besuche Mathilda.«

»Ob aus dem Mittagessen, das er ihr schuldet, jetzt ein Abendessen wird?«, feixte Schneider, nachdem er Sabrina Schreier auf die Flugüberwachungsliste gesetzt hatte.

»Gut möglich«, antwortete Kerber lächelnd. »Zumindest glaube ich nicht, daß er so kurz vor Feierabend noch einmal ins Büro zurückkommt.«

»Tja, dann sollten wir wohl auch langsam Feierabend machen. Schließlich liegt ein ereignisreicher Tag hinter uns. Auch, wenn wir nicht drüber reden dürfen.«

»Das wurmt dich, oder?«

»Vor allem, weil ich es nicht verstehe.«

Sie setzte sich auf seinen Schoß und strich ihm über die Haare.

»Manchmal ist Unwissenheit auch eine Gnade. Fordere dein Glück nicht heraus, indem du versuchst, mehr über Dinge zu erfahren, die dir sonst den Schlaf rauben könnten. Oder die dir diesen herrlich unschuldigen Blick nehmen würden.«

Sie stand wieder auf und streckte sich.

»Was hältst du davon, chinesisch essen zu gehen?«, wechselte sie das Thema. »Ich hätte jedenfalls Appetit auf Schweinefleisch nach Sezuan-Art. Möchtest du mich begleiten?«

Schneider sprang förmlich von seinem Sitz auf. Dann stockte er.

»Ich muß doch nicht mit Stäbchen essen, oder?«

»Müssen mußt du nicht. Aber wenn du möchtest, zeige ich dir, wie es geht.«

Gemeinsam verließen sie das Büro.

»Hast du eigentlich immer diesen scharfen Lederdreß unter deiner Kleidung?«

»Nein, da muß ich dich enttäuschen. Ich hatte nur heute sehr früh noch einen Kunden und danach keine Zeit mehr, mich richtig umzuziehen.«

»Oh.«

»Extra für den mußte ich früh aufstehen. Na ja, dafür hat er nicht nur mit einem finanziellen Aufschlag gezahlt.«

Sie sagte das mit einem Lächeln, das ihm eine Gänsehaut verursachte.

* * *

»Irgendwie muß ich dauernd an die Verletzung des SEK-Mannes denken«, sagte Schneider, während er versuchte, mit Stäbchen ein paniertes Fleischbällchen zum Mund zu balancieren. »Den mit dem durchschossenen Bein.«

»Dein Schweinefleisch süß-sauer sieht doch gar nicht blutig aus«, witzelte Kerber.

Schmunzelnd schüttelte Schneider den Kopf. Dann wurde er wieder ernst.

»Eigentlich war es doch ein glatter Durchschuß. Warum war die Verletzung dann viel schlimmer?«

»Das sagte Karlheinz doch schon vor Ort. Sie hat mit Jagdmunition geschossen.«

»Du meinst doch nicht Schrot, oder?«

»Nein. Weißt du, wie ein normales Geschoß aufgebaut ist?«

»Du meinst, wie die aus meiner Dienstwaffe? Die sind doch aus Kupfer. Zumindest haben sie die gleiche Farbe.«

»Ein bißchen erschreckend finde ich schon, daß ich dir das erklären muß, statt umgekehrt. Erzählen sie euch nichts darüber, zum Beispiel bei der Waffenausbildung?«

»Nein. Da geht es nur darum, wie wir die Pistole auseinandernehmen, um sie zu reinigen. Und natürlich, wie wir schießen sollen und wann wir es gemäß welcher Rechtsgrundlage dürfen.«

»Na ja, macht nichts. Also – die normalen Geschosse, wie ihr sie in der Munition eurer Dienstwaffen habt, bestehen aus einem weichen Bleikern und einem harten Kupfermantel. Das Blei wird fürs Gewicht gebraucht, der Kupfermantel, damit das Geschoß auch beim Auftreffen in Form bleibt. Diese sogenannten Vollmantelgeschosse reißen dort, wo sie auftreffen, ein Loch in ihrem Kaliber. – Daß man den Geschoßdurchmesser auch Kaliber nennt, weißt du aber.«

»Klar.«

»Gut. Bei Jagdmunition werden üblicherweise Teilmantelgeschosse verwendet. Der Kupfermantel ist bei diesen Geschossen am hinteren Ende stabiler und wird zur Spitze hin immer dünner. Ganz vorne schaut etwas Blei heraus. Wenn so ein Projektil auftrifft, wird das Blei gegen den Kupfermantel gedrückt. Dadurch verformt sich das Geschoß und wird in Schußrichtung dicker. Es verursacht dadurch Verletzungen, vergleichbar mit denen eines Projektils bis zum doppelten Kaliber und löst außerdem einen meist tödlichen Schock aus, da die Energie überwiegend an den getroffenen Körper abgegeben wird. Im militärischen Bereich ist solche Munition gemäß Haager Landkriegsordnung verboten. Bei der Jagd ist es allerdings erwünscht, daß ein angeschossenes Tier nicht ins Unterholz fliehen und langsam verenden kann. Etwa seit dem Jahr 2000 gibt es übrigens eine etwas entschärfte Variante für Pistolen auch bei euch, normalerweise als Polizeipatrone bezeichnet.«

»Stimmt, davon hatte ich schon mal irgendwo gelesen, konnte das aber nicht einordnen. Woher kennst du dich so gut damit aus?«

»Hab ich vergessen«, antwortete sie mit einem spöttischen Lächeln.

* * *

»Spuck es schon aus, Karlheinz«, forderte Adler ihn auf, »Du überlegst dir doch schon während des ganzen Essens, wie du mich fragen sollst. Was willst du wissen?«

»Bin ich so leicht zu durchschauen?«

»Allerdings.«

»Wir arbeiten doch mit dieser Psychologin an unserem Fall. Dr. Diana Kerber.«

Mathilda Adler grinste.

»Und du willst wissen, ob es bei ihr irgendwelche Leichen im Keller gibt. Hast du einen konkreten Grund für deine Frage?«

Gödel seufzte.

»Nichts, was eine offizielle Anfrage rechtfertigen würde. Im Gegenteil. Zu dem Vorfall, der mich neugierig gemacht hat, habe ich von meinem Chef explizit einen Maulkorb bekommen.«

»Hat es etwas mit eurem heutigen Einsatz zu tun?«

Er schaute demonstrativ in die Luft.

»Also ja. Ich fürchte, ich kann dir nicht weiterhelfen. Und zwar nicht, weil ich nicht will. Ich war auch schon neugierig, als ich sie das erste Mal bei euch traf. Und als dann die Runde machte, daß sie außerdem als Domina arbeitet – Tratsch ist bekanntlich schneller als der Schall – habe ich von mir aus schon mal ein wenig recherchiert. Bis zu ihrem Studium ist alles ganz normal. Sie hat mit 26 Jahren ihren Doktor in Psychologie gemacht, Nebenfach Recht. Das war außergewöhnlich flott. Danach wird es seltsam. Fünf Jahre lang war sie im ›Diplomatischen Dienst‹ und ist seither freiberuflich als Domina tätig. Ein Teil ihrer Steuerakte ist unter Verschluß. Da komme nicht einmal ich dran. Und das, obwohl ich die höchst mögliche Freigabe im Finanzamt habe.«

»Was ist denn unter diplomatischem Dienst zu verstehen?«

»Keine Ahnung. Es gab keine Details. Und selbst diese Information war eigentlich nicht zugänglich. Es wäre nett, wenn du das für dich behältst.«

»Natürlich«, sagte Gödel nachdenklich.

Geständnis

»Wir haben etwas«, begrüßte Gödel seinen Kollegen, als der ins Büro kam. Von Kerber war noch nichts zu sehen.

»Einen neuen Kaffeeautomaten, der tatsächlich Kaffee ausspuckt, statt dieser schwarzen Plörre?«

»Witzbold. Nein. Wir haben eine Rückmeldung von der Überwachung der Flugbuchungen. Sabrina Schreier hatte für vorgestern einen Flug zu den Seychellen gebucht. Allerdings ist sie nicht geflogen.«

»Interessant. Billigurlaub ist das doch normalerweise nicht.«

»Das ist ja das Interessante. Der Flug wurde aus dem Ausland gebucht und bezahlt.«

»Da fallen mir spontan die geplünderten Schwarzen Kassen ein.«

»Genau, Markus. Vielleicht sollten wir der Dame noch einen Besuch abstatten.«

»Mit SEK? Ich würde ungern mit einer ganzen Einsatzgruppe dort auftauchen, um eine schmächtige Person festzunehmen. Nach Erschießen lassen ist mir aber auch nicht.«

»Heute mal nicht?«, witzelte Gödel, um dann wieder ernsthaft zu werden. »In der Jagdhütte wurden gestern die beiden Polizeipistolen gefunden, die Frau Metzger sich angeeignet hatte. Und außer dem Gewehr, mit dem sie auf uns schoß, fehlte in der Hütte keine Waffe. Ich denke, wir können es riskieren. Auf die Schutzwesten sollten wir allerdings nicht verzichten.«

»Dann schreibe ich Diana nur schnell einen Zettel, damit sie weiß, wo wir uns herumtreiben.«

»Mußt du dich schon bei ihr abmelden?«, flachste Gödel.

Schneider bewarf ihn mit einem Radiergummi.

»Na, hier herrscht ja ausgelassene Fröhlichkeit«, sagte Kerber, die gerade ins Büro kam, als Gödel dem Radiergummi auswich.

Nachdem Gödel sie über die neueste Entwicklung informiert hatte, ging sie mit den beiden zum Dienstwagen. Die Fahrt gegen den abflauenden Berufsverkehr verlief ereignislos.

»Könnte es nicht sein, daß Frau Schreier jetzt an ihrem Arbeitsplatz ist?«

»Ach, das wollte ich euch ja auch noch erzählen. Sie hat dort gekündigt. Der Arbeitgeber hat es mit diesem neuen Meldeverfahren ans Finanzamt weitergegeben. Es lebe die Bürokratie. Und natürlich Mathilda, die es mir gestern mitgeteilt hat.«

»Eigentlich komisch. Sie kündigt ihren Arbeitsplatz, bucht eine Flugreise und bleibt dann doch zuhause? Oder hat sie sich vielleicht schon unter falschem Namen abgesetzt?«

»Möglich wär's. Dann müßte sie sich einen falschen Paß besorgt haben. Wenn sie wirklich der Kopf hinter den Morden ist, traue ich ihr das zu. Allerdings müßte sie dann Kontakt zu Kriminellen haben. Und sie hätte damit weitere Mitwisser.«

»Wir werden es ja gleich sehen«, sagte Schneider und parkte den Wagen.

»Diana, hast du heute wieder irgendwelche Heldentaten vor?«, wollte Gödel wissen.

»Nein, keine Angst. Ich möchte doch nicht, daß ihr Komplexe bekommt. Ich bleibe hinter euch in Deckung und schaue einfach zu.«

Sie erntete säuerliche Blicke für ihre Bemerkung. Zu dritt gingen sie die Treppe zur Wohnung der Verdächtigen hinauf. Zunächst gab es keine Reaktion auf ihr Klingeln. Dann hörten sie Schritte aus der Wohnung und die Tür wurde aufgeschlossen.

»Frau Schreier ...«, begann Gödel.

»Ja, ja, ich weiß, Kriminalpolizei«, unterbrach sie ihn mit müder Stimme. »Mit Ihren beiden Kollegen hatte ich ja schon das Vergnügen. Möchten Sie hereinkommen oder ist es Ihnen lieber, wenn ich Sie begleite?«

»Haben Sie uns erwartet?«, wollte Gödel wissen.

»Natürlich. Die Flugreise? Oder die Überwachungsvideos?«

»Überwachungsvideos?«

»Ach, dann haben Sie die noch gar nicht ausgewertet. Macht nichts. Ich nehme nur gerade meine Handtasche mit. Dann kann ich Sie begleiten.«

Schneider schnappte ihr die Handtasche vor der Nase weg und kontrollierte den Inhalt. Außer einigen Medikamentenröhrchen war nichts Ungewöhnliches darin.

»Keine Sorge, ich schleppe keine Waffen mit mir herum. Apropos Waffen: Lebt Franziska noch? ... Ah, ich sehe schon, sie hat ihr Ziel erreicht. Ich nehme an, ihr Mann ist auch tot.«

»Nein«, antwortete Kerber, »der lebt noch.«

»Tja, dann hat er Pech gehabt.«

Ohne den geringsten Widerstand begleitete sie die anderen zum Dienstwagen. Sie schien dabei etwas unsicher auf den Beinen zu sein.

»In amerikanischen Polizeiserien käme jetzt eine Rechtsbelehrung und die Frage, ob ich einen Anwalt möchte.«

»Wollen Sie denn einen haben?«

»Nein, das wäre nur Zeitverschwendung.«

Den Rest der Fahrt sagte sie nichts mehr.

Als Frau Schreier im Vernehmungszimmer saß, rief Gödel den Pathologen an.

»Hallo Dr. Stein. Können Sie sich bitte ein Medikament ansehen, das unsere Verdächtige bei sich hatte? Nicht, daß sie sich damit vor unseren Augen umbringt.«

»Hat sie nicht gesagt, warum sie es verschrieben bekommen hat?«

»Nein. Und der Arzt, dessen Name auf dem Röhrchen steht, hat Mittwochs Ruhetag.«

»Warum haben Hausärzte Ruhetage und Gerichtsmediziner nicht? Unsere Patienten haben es doch bestimmt nicht eiliger als die der Hausärzte. Ich komme mal hoch und schaue mir das Medikament und die Patientin – pardon, Verdächtige – an.«

Wenig später blickte er auf das Röhrchen und runzelte die Stirn. Dann ging er ins Vernehmungszimmer.

»Guten Morgen. Ist das Ihr Medikament?«

»Nein, ich trage es nur für eine Freundin spazieren. – Ja, natürlich ist es meins.«

»Wie oft müssen Sie eine der Kapseln nehmen?«

»Sind Sie Arzt?«

»Gerichtsmediziner.«

Einen Moment lachte sie leise. Dann schaute sie Dr. Stein direkt an.

»Zwei Kapseln alle acht Stunden.«

»Darf ich mal ihre Hände sehen?«

Frau Schreier reichte ihm die linke Hand.

»Tragen Sie gefärbte Kontaktlinsen?«

Statt einer Antwort nahm sie eine Kontaktlinse aus dem linken Auge. Der Augapfel war gelbbraun. Dann setzte sie die Linse wieder ein.

»Ich nehme an, das beantwortet Ihre unausgesprochene Frage. Seien Sie bitte so nett und veranlassen Sie, daß ich in etwa dreißig Minuten zwei der Kapseln und ein großes Glas Wasser bekomme. Diese Dinger lassen sich nur sehr schlecht schlucken.«

»Das mache ich. Auf Wiedersehen.«

»Bis bald«, war ihre Antwort.

»Was ist denn nun mit den Medikamenten?«, wollte Gödel wissen.

»Das ist ein sehr starkes Schmerzmittel. Keins von der Sorte, die man ohne Not einnimmt. Übelkeit und Schwindel sind die eher harmlosen Nebenwirkungen.«

»Das heißt, sie ist krank?«

»Das ist eine Untertreibung. Soweit ich das beurteilen kann, hat sie totales Leberversagen, wahrscheinlich Leberkrebs im Endstadium.«

»Dann muß sie also in ein Krankenhaus?«

»Das würde keinen Unterschied mehr machen. Es sei denn, sie wollte von diesen Schmerzmitteln auf Morphium umsteigen. Allerdings um den Preis eines vernebelten Verstandes.«

»Wie lange hat sie noch zu leben?«

»Ohne ausführliche Untersuchung kann ich nur Mutmaßungen anstellen. Aber ich glaube nicht, daß sie das Wochenende noch erleben wird. Wenn Sie sie vernehmen wollen, sollten Sie sich also beeilen. Und sorgen Sie dafür, daß sie ihre Medikamente einnehmen kann.«

Gödel betrat das Vernehmungszimmer alleine und setzte sich Frau Schreier gegenüber. Kerber und Schneider verfolgten die Vernehmung über einen Monitor.

»Wenn ich Sie richtig verstanden habe, möchten Sie reinen Tisch machen.«

»Sie meinen, mein Gewissen erleichtern, meinen Frieden mit Gott machen und so weiter?«, lachte sie freudlos. »Keine Sorge, ich erzähle Ihnen, was Sie wissen wollen. Allerdings nicht, weil es mein Gewissen belasten würde, sondern weil ich stolz auf meine Leistung bin.«

»Ihre Leistung?«

»Ein perfektes Verbrechen. Zumindest von der Planung her. Bei der Durchführung mußte ich Kompromisse eingehen, weil mir die Zeit davonlief. Eigentlich hatte ich geplant, mir einen etwas naiven Mann zu angeln, der den körperlich anstrengenden Teil meines Planes durchführen sollte. Als ich vor drei Monaten erfuhr, daß ich inoperablen Leberkrebs habe, war ich plötzlich unter Zeitdruck. Ich wollte auf keinen Fall, daß dieses Schwein Udo mich überlebt. Schon verrückt. Da hat man einen IQ über 150 und fällt auf so einen Typen herein. Jedenfalls war ich froh, als ich erfuhr, daß Franziska ihren Mann beim Fremdgehen ertappt hatte. Nicht in flagranti, aber eindeutig genug. Sie haben sicher herausgefunden, daß sie ihren Mann mit einem GPS-Tracker überwacht hat.«

»Was hatten Sie persönlich gegen Herrn Metzger und gegen den Betriebsrat, Herrn Glück? Zum Motiv bezüglich Ihres Mannes haben Sie sich ja früher schon geäußert.«

»Franziskas Mann war es, der Udo erst auf die Idee gebracht hatte, mich zu heiraten und dann abzuservieren. Sie hatten eine Wette darüber laufen. Wäre es nach mir gegangen, wäre er genau wie Udo gestorben. Sie wissen doch, wie der gestorben ist, oder? War sicher nicht ganz einfach herauszufinden. Und der korrupte Betriebsrat hat mich komplett ins Leere laufen lassen. Etliche andere, die vorher bereits herausgemobbt worden waren, hatten das auch schon erlebt. Wie auch immer, als ich zwei Tage nach der Kreuzigung bei Franziska vorbeischaute, hat er mir dann doch leid getan, wie er qualvoll starb. Bei Udo hat es mir nichts ausgemacht. Jedenfalls habe ich darauf bestanden, sein Sterben vorzeitig zu beenden. Es war gar nicht so einfach, Franziska zu überzeugen. Sie war zu der Zeit schon total durch den Wind. Seit sie die Geliebte ihres Mannes umgebracht hatte, war sie förmlich im Rausch. Diesen Mord hatte ich übrigens nicht geplant. Der war auch viel zu einfach zurückzuverfolgen. Na egal. Sie genoß es, ihren Mann die ganze Zeit zuschauen zu lassen, wie Udo starb. Und sie wurde nicht müde, ihm auszumalen, wie sie ihn noch quälen würde, bevor er das gleiche Schicksal erleiden müßte. Wie gesagt, ich hätte mir einen besser kontrollierbaren Mittäter ausgesucht, wenn ich die Zeit dazu gehabt hätte.«

»Was meinten Sie eigentlich damit, daß Herr Metzger Pech gehabt hätte, weil er noch am Leben ist?«

»Ich bin sicher, er wird den Rest seines Lebens Albträume und Schlimmeres haben. Wenn er je wieder einigermaßen auf die Beine kommen sollte, hat er ein Verfahren wegen Untreue und Unterschlagung am Hals. Er kann nur noch verlieren. Mitleid bringe ich für ihn allerdings nicht auf. Er hat andere ruiniert, um seinen Vorteil zu bekommen. Jetzt ist er ruiniert.«

»Wo ist eigentlich der Lieferwagen abgeblieben? Der Mercedes Sprinter.«

Sie lachte.

»Suchen Sie noch immer nach einem Mercedes? Es ist ein osteuropäisches Modell, das ich mit falschen Nummernschildern über Polen eingeführt habe. Die Marke habe ich vergessen. Kein Mensch interessiert sich für ein Auto, das aus Polen kommt. Nur bei der anderen Richtung werden die Leute mißtrauisch. Der Lieferwagen ist etwas kleiner, als ein Mercedes Sprinter. Ich mußte die Folien zurechtstutzen. Aber ich dachte mir, daß dieser Teil der Vorbereitungen zurückverfolgt werden könnte. Deshalb das falsche Fahrzeug-Modell. Das Auto steht derzeit gegenüber einer Polizeiwache in Neu-Isenburg. Ich nahm an, da wird es niemand vermuten. Sie können übrigens ein Bild von mir am Steuer des Wagens von der Bundeswehr bekommen. Ich hatte damit Franziska und ihren Mann zu der Jagdhütte gefahren, vorbei an den Sperrzäunen und Überwachungskameras. Aber da wußte ich ohnehin schon, daß der Zug für mich abgefahren war. Ursprünglich hatte ich vor, mit dem Geld von den Schwarzen Konten noch ein paar Wochen am Strand zu verbringen und meine letzten Tage zu genießen. Leider machte mir meine Leber einen Strich durch die Rechnung. Beim letzten Arzttermin erfuhr ich, daß meine Lebenserwartung nicht mehr in Monaten, sondern höchsten noch in Wochen zu rechnen sei. Die gute Nachricht ist, daß ich meine Tablettendosis nicht mehr zu erhöhen brauche. Und Nachschub brauche ich auch keinen mehr. Ist Ihnen noch irgend etwas unklar? Sie wissen ja, lange werde ich Ihre Fragen nicht mehr beantworten können.«

»Wissen Sie, woher Frau Metzger die panzerbrechende Munition hatte, mit der sie den Einsatzwagen des SEK beschoß?«

»Die Stahlkern-Geschosse? Die waren schon in der Hütte meines Ex-Mannes. Udo war Waffennarr. Einmal hat er mich mit zur Hütte genommen und plötzlich angefangen, mich mit einem Gewehr durch den Wald zu jagen. Er rief mir noch zu, das sei praktischer als die Scheidung, während er herumballerte. Dieser Irre. Letztlich hatte er sich dann doch nicht getraut, mich zu erschießen. Tja, sein Fehler. Das konnte ich Ihren Kollegen bei der ersten Befragung natürlich noch nicht erzählen.«

»Was ist mit dem Geld aus den schwarzen Kassen passiert?«

»Das ist inzwischen auf die verschiedensten Banken verteilt. Überwiegend international tätige Institute. In den nächsten Jahren wird das Geld über unauffällige Spenden an gemeinnützige Initiativen gehen. Die Bank wird nichts davon wiedersehen.«

»Und warum haben Sie die beiden Toten an der Autobahn aufgehängt?«

»Das war noch so eine verrückte Idee von Franziska. Sie liebte den Nervenkitzel. Ich habe vorher noch die Kontonummern auf den Rücken gebrannt, um die Spur auf die Entlassenen zu lenken. Wäre es nach mir gegangen, hätten Sie die Toten erst viel später gefunden. Und zwar gekreuzigt an einer Wand der Jagdhütte. Bis dahin wären die Überwachungsvideos der Bundeswehr längst wieder gelöscht gewesen. Mir ging es nur um Rache und um das Geld. Publicity brauche ich nicht. Statt dessen bleibt mir nur das Denkmal in einer Kriminalstatistik. Tja, das Leben ist ungerecht. Aber zumindest ein wenig konnte ich das korrigieren.«

Mit zittrigen Fingern nahm sie zwei Tabletten aus dem Medikamentenröhrchen und schluckte sie mit viel Wasser herunter.

»Bestellen Sie Ihrem Pathologen einen schönen Gruß von mir. Ich denke, ich werde ihn morgen besuchen, falls mir nichts Unerwartetes dazwischenkommt.«

* * *

»Damit wäre der Fall abgeschlossen«, sagte Gödel und klappte demonstrativ den Deckel der Ermittlungsakte zu.

»Schon komisch«, überlegte Schneider, »die Frau hat ein grausames Verbrechen begannen und zeigt auch keinerlei Reue. Trotzdem fällt es mir schwerer als sonst, Abscheu für sie und ihre Tat zu empfinden.«

»Ihre Motive sind nachvollziehbar«, gab Kerber zu bedenken. »Das ist zwar keine Entschuldigung, aber man kann sie verstehen.«

»Mir macht bei diesem Fall etwas ganz anderes zu schaffen«, sagte Gödel nachdenklich. »Nämlich, daß diese Frau tatsächlich verdammt nahe dran war, einen perfekten Mord zu begehen. Wäre ihre Mittäterin bei dem Plan geblieben, wären wir den beiden wahrscheinlich nie auf die Schliche gekommen. Und selbst wenn, hätten wir keine Beweise dafür gehabt. So etwas kratzt an meiner Berufsehre.«

»Kommt darauf an, ob wir die Spur des Geldes hätten verfolgen können«, wandte Schneider ein. »Abgesehen davon scheitern die meisten gut geplanten Verbrechen nicht am Plan, sondern an der Durchführung.«

»Schon richtig. Aber diesmal war auch die Durchführung fehlerfrei, soweit wir das feststellen konnten. Bis auf die Ausraster von Frau Metzger, natürlich. Egal, der Fall ist abgeschlossen, nicht direkt erfolgreich, eher glücklich. Hoffentlich sind die nächsten Fälle wieder besser fürs Ego.«

»Tja, das wünsche ich euch dann auch. Ich gebe noch schnell das Diensthandy und den Besucherausweis beim Pförtner ab und mache mich auf den Weg. Einige meiner Kunden fühlen sich schon vernachlässigt. Da werde ich die nächsten Tage wohl ein paar Überstunden machen müssen. War schön, mit euch zusammengearbeitet zu haben. Wenn ihr mal wieder Unterstützung braucht, wißt ihr ja, wie ich zu finden bin.«

Beim letzten Satz zwinkerte sie Schneider zu und verließ das Büro.

»Ich bring die Akte weg«, bot dieser sich an und nahm sie seinem Kollegen ab. Sobald er das Büro verlassen hatte, schlug er die Akte noch einmal auf und notierte sich die 700er-Nummer, unter der eine gewisse Lady Larissa ihre Dienste anbot.

Zeitfracht Medien GmbH
Ferdinand-Jühlke-Straße 7
99095 Erfurt, Deutschland
produktsicherheit@kolibri360.de